窮人不能養貓

張羨青 著

目錄

楔子

屋子外的走廊天花掛著一滴滴水珠，像透明的蝌蚪，長不成亂蹦活跳的青蛙，便被風吹散。無人能分曉這是冬天或夏天，濕漉漉的，炎熱的，寒冷的，無所適從的。

周時英拖著一個行李箱，上了巴士。大概二十分鐘，就到了另一個地區。

上樓，她把走廊拍得特別華麗好看，密碼鎖、電子門柄、金光燦燦的門隔，像是以前她去過的私樓，都是乾淨、閃亮亮、清新。

「呢度好舒服，放心。」她傳訊息。

調校廣角鏡，0.5X，拍攝室內，整個空間也開揚了一倍，她腳下的土地突然遼闊，好像能容納許多個肉身。

「有獨立廁所、洗衣機、鋅盤、電磁爐，最基本生活嘅嘢都齊。」

「樓下都有好多餐廳同超市，便利店都有兩間，開廿四，絕對唔會餓死。」

「交通都方便，行兩分鐘就到車站，去地鐵站都係十分鐘車程。」

「樓下都有看更啊……好友善添，我每日都同佢哋打招呼嘅。」

「你放心啦，得㗎喇。」

室內什麼都沒有。

她租了葵涌的一間工廈。一個月前，在網上尋找中介，很快便上樓睇盤，出粒後已經想馬上簽約，像極了姑姐一家住的私樓，還按密碼進出呢。進入1015室，沒有任何家具和擺設，上一手租客的東西已經清走，只剩下戶主提供的洗衣機和鋅盤。

「香港地少人多，我哋本身起嚟都係畀人住嘅……」

「有冇人捉過？始終都犯法。」

「個個都咁問過，但我諗突然多咗一堆人冇啶瓜係更加恐怖嘅事嚟。」

業主這樣說，一邊打開電話讓她測試無線網絡的速度。

讓她確定租下這裡的是，靠近門口的全身鏡。理智來不及說：其實去 IKEA 也可以買到一塊，還可以隨意調位置校角度！她就已經露出心滿意足的樣子，和中介講價。

「平千七嘅話，我可以即時簽約。」

「千七太多啦……你做盛行？差幾百可唔可以負擔？」

她迴避問題：「租得工廈你都知我咩環境。」

「可以減到六千，最盡。」

於是她就簽約了，稍後還付了一個月租金作中介費，隔天取密碼、信箱鎖匙。

現實只是二百多呎的地方，但對於她一個人來說，已經足夠，天大地大，人立身處世無非想要一個安居之地。關上門，就只得她一人，陽光從窗透進來，就算到下午四五點仍未需要開燈，空蕩蕩的，但明亮。

要在廁所旁邊放一張書桌，書桌要選下方有置物架的，置物架上放幾本書來讀，讀書時可以坐在一張有靠背的滾輪椅……床可以怎麼運入來呢？應是選梳化床，再平鋪出來。衣服呢？就像示範單位那樣安一個衣櫃在床的對面，放得整整齊齊。還要一張可以移動的桌子，用來放雜物！一個衣櫃夠嗎？恐怕要多買一張椅子做「clothes chair」。

真好啊，擁有自己的空間。

她什麼都沒有，卻首先從樓下超市買了些生活用品，兩卷廁紙、洗頭水沐浴露、拖把，然後就在網上看有什麼可以買，儲夠錢就免運費，送過來。

天色漸暗，她才驚覺自己竟已坐在地上幾個小時，垂下頭來網購，樂此不疲，急急起身開燈，身卻麻痹了，只好像蟹一樣行。她卻是快樂的，縱使此刻呈現窘態。

人生走到這階段，原來就只是想要自己的地方。

屋

六合彩

半年前，我在馬會裡發脾氣：「仆街，又唔中。」

我把六合彩票尾撕碎，還覺得不解氣，把它們用力地握在手心，搓成一個球，丟進垃圾桶——那可是五張廿蚊飛，用了一百蚊！早知用來買飯食。

越貧窮的人，越是馬會的常客，看看那些每日開閘前落注的人，哪個是成功人士？誰最著緊哪隻馬跑第一？十萬伏特、步步友、永遠美麗，名字改得怎樣優雅生動，也要在跑場上爭，窮一生也要為人類的賭博比賽奮力追趕，像那些苦苦掙扎的人一樣。

十八歲之後，即使每月只能存幾十塊錢，我都一定會掏出廿蚊去買六合彩。原因無他，把這廿蚊儲起不能變得富有，或過上平穩安定的生活，但是拿去投資金多寶，萬一中了，就能夠改變人生。

用廿蚊買一個改變人生的機會，完全值得！

不只有我一個這樣想，六合彩期期都有一大棚人關注，討論度極高，無非是人人都想成為幸運兒。抱著僥倖心態，想著沒有中也是自然，不過丟了一點錢。但若中獎，就有無窮無盡的廿蚊。

所以，無論多少次我憤恨，早知把錢拿去吃快餐、買面膜，下一輪六合彩，依然會乖乖掏錢。

我最愛每期派彩，人人都沒中，翌日回到公司和人討論，個個都唏噓不已地說沒有那種好命打斷腳唔使休，畀心機返工算數。我心理平衡了，城市裡個個也腳踏實地吧！沒有人幸運到能一夕改變人生——至少不是能出現在她身邊炫耀的人。想到這裡，我的心情便好起來，午飯期間，能買一杯珍珠奶茶了。

馬會是我第二個家，成年後不斷慷慨捐贈到馬會的金庫，小時候父親也常帶我來，不過我要站在出面，不能入去。

一九九七年，父親開設的工廠倒閉，之後他就偶然賭錢，買下馬，賭下波，有時還會過大海，到澳門玩老虎機。我以為是冒險樂園的遊戲，還吵著要父親帶我去玩，打老虎，劏獅子，征服森林！為什麼只有你可以去玩？我也要遠征。如果只有大人能去，為什麼你不帶母親過海？諸如此類的問題，統統未曾得到答案。

有時他容光煥發地回家，還帶了燒味和啤酒，外加幾盒煙，像要把一輩子要抽的都藏在家裡。有時則深夜才輕手輕腳地打開鐵閘，被母親罵了幾句，即場發火，臉上卻有愧色。

「搵食艱難啊！個女唔使食唔使著？剩係打份牛工，點樣維持落去啊？我一個人返工點賺得夠？搵下快錢都應該啦！」

「而家我有話過要你賭咩？我不求大富大貴，只想平平安安，你隔三差五就出去賭，輸晒我哋的錢，容乜易你有日被人留低借錢，到時成頭家散晒。」

「唉，呢幾個月都係我賭贏咗錢先至維持到……」

根據慣例，他說只要贏了兩鋪，今日就應該有賭神在上庇佑，平時積落的陰德通通發功，賭注越下越大，只要成功就可以把這輩子失去的錢回收——下一秒又輸掉——繼續落注，繼續落注，總不可能走到這一步就停止！想要一鋪翻身。

「咁危險吖嘛！萬一你賭輸晒呢？突然之間上晒腦呢？咁點算？成屋得你一個搵食。」

「我唔會賭上腦。」

父親堅持自己有一種窮人的自覺，亦有作為一家之主的責任心，既然沒有幾個錢，才不會放肆地賭，免得無法維持家庭基本開支。千金散盡就死了，等不到復來那天，何況並沒有千金，因此輸多幾次又突然清醒，身上已經什麼錢都沒有了，難道還要清身家？於是每次都及時收手，搭車回香港。

父母二人常常因此吵架，但他都會舉出例子證明自己絕無失去理智：「你記得㗎嘛，我有邊次係好離譜？最多遲返啲。」

可能因為他對於自己夜歸，吵醒全家人，有點愧疚，於是又會補上一句：「唉吔，係我唔啱喇。」

「緊係你唔啱！」

之後，父母都沒有作聲，對視一眼，說：「小英你留多陣喺廳。」雙雙進了房。

我聽見許多窸窸窣窣的聲音，床架好像在晃，我打開電視，夜間新聞，轉台是無線電視，劇中的大人在親吻，嘩！兒童不宜，可是我又忍不住看，眼也不眨一下的。

如此情景已出現太多次，父母吵到「我以前贏到錢又唔見你鬧我？而家就識嫌我冇用啦。」、「而且屋企連飯都冇得開，賭錢就係為咗贏，你輸咗當然抵鬧。」然後，就差不多沉默，入房，最後再出來喚我睡覺。我已經習慣，熟練地不打開客廳燈，最初是母親叫我看電視，把音量調校到最高。

幾個月後，弟弟出生。

「你阿媽真係生得，你要錫細佬啊。」父親說。

「細佬出咗世，我哋都一樣錫你。」母親說。

父母沒有偏心，也沒有重男輕女，他們一視同仁地窮養，因為家裡更窮了。原本說，弟弟出生後，搬去大一點的劏房，但是支出多了，另覓租金高點的地方就更吃力，加上搬屋本身也需要成本，所以擾擾攘攘之後還是住在三樓A室。

弟弟出生後，父親就出廳睡了，我、弟弟、母親擠在一張單人床上。

所謂客廳，所謂房間，其實也不能這樣分辨。

家裡是沒有門的。

大個之後，我發現光用一大塊窗簾假裝門，擋著床與電視，實在太過求其，不能隔絕光和影，窗簾破了一點洞，就會透出星星點點；也不能隔絕氣味，廚房的油膩和廁所的渠鏽味會洩漏到床上；更不能隔絕聲音，距離沒有變遠，只是眼不見心不煩，臆想空間大一些，而已。

廁所——沐浴間和馬桶擠在廚房裡面，也要用簾子隔住爐頭、油漬滿滿的地板，只是有人在如廁時，最好不要煮食。

客廳有幾張摺櫈，以及一張摺枱，吃飯時就會打開，圍著桌子迫夾地埋頭苦吃，很親密。後來有了電視，我們就會把菜夾到碗裡，把椅子移後，拿著碗一邊吃一邊看電視，吃飯的速度便變慢。母親會以熄電視來威脅我們吃快點，之後就把摺枱收起。

父親到客廳睡，就是打地鋪，把長毛巾和枕頭放地上，這就一晚。本來母親提議買張小梳化，既可以睡又可以坐，但被父親拒絕，因為他身高約一米七五，小梳化對他來說太短，買長一點的又沒有位置放。

「就咁打地鋪都得啦！成個廳我霸晒！」

「我又要瞓！」

「唔得啊，大人先瞓得，你咁細個瞓地下會生唔高。」

小時候我覺得睡地下很型格，因為脫離了床，規矩的床。大了一點，我就覺得父親好可憐，要睡地下。

家人都愛自我安慰：沒事的，我們窮也可以生活得很好。

椅子是用來坐人的，桌子是用來做功課或擺飯餸的，床是用來睡覺的，馬桶是用來如廁的，花灑是用來洗澡的，爐具是用來煮食的。這些東西其實早就能涵蓋一個家庭的需要，每個人生活在家裡，無非想保障飽腹與睡眠，更好一點就是有空間做事，能夠靜靜地寫作業，還求什麼。

「做人最緊要，唔好貪心。」父親有時感嘆。

「咁你仲去賭？」

「我唔去賭，可能連食都冇得食，冇計喋喎。」

「咁你不如搵份正正經經嘅長工。賭錢真係太唔穩定，就算有返part-time，都有機會輸晒。而家屋企有多個人食飯，唔博得。」

然後，父親在物流公司上班。

我想，如果人與人之間沒有比較，就不會活得那樣痛苦。父親總叫我放下世間的功利心——誰家平常小孩聽得懂這種用詞呢？他再仔細解釋，白話就是別要羨慕他人的生活。

夠食、夠住，家人也沒有虧待我，即使弟弟出生後，我得到的也並無因此變少，飯菜反而隨著年紀而增多。挺好的。

直至我知道這種均等的本質，其實是「沒有」。

我家沒有玩具，沒有毛公仔，電視前僅放著兩隻小熊，是幼稚園的生日禮物。當時每個月都有生日會，老師會為當月壽星送上玩偶、文具套裝和零食。其中，我最無感的就是玩偶，不會抱它入睡，反而每日也要用筆寫字，每日放學後也會看到同學食糖果或蝦片。

誰提倡不穿校服上學的？我簡直要一槍崩了他。

學生統一穿校服，說是會扼殺個體意志，模糊個性。可是如果規定每日也穿便服上學，只會讓某些學生的自卑呈現得更立體。公主一般的同學每天都穿得花枝招展，定期換上新衣服，款式季季不重樣；卻總有些人的衣服殘殘舊舊，沾上洗不掉的醬油漬。

我不喜歡生日會，那是每月的便服日，萬一是當月壽星，就更想逃避，卻因想得到文具套裝而上學。

有些壽星會穿貝兒的黃色公主裙，還配戴皇冠，就算不那麼華麗，也會穿一件平日難見的裙子，熨得筆直。我每次便服日都穿同一件——那是全屋最美麗得體的連衣裙，黑色，耐髒，好歹也沾染一點型格味道。明明沒有人留意我穿什麼，人人都更關注自己，但我還是疑心別人會認為我寒酸，只得一件衫。在切生日蛋糕，或與當月其他壽星合照時，我總難放鬆地笑。

不過能吃蛋糕就算了。

上幼稚園之後，我發現原來別人不是像我這樣生活的。他們有漂亮的衣服，精緻的文具，還有一條放在盒子裡的小毛巾。不過大家還是懵懵懂懂，只有好看和不好看之分。

到了小學，就有點不一樣了。

噢，我們家都多了點變化，從劏房搬到了公屋，有長長的走廊，雖然有些殘舊，但仍然乾淨，不會無緣無故有個垃圾膠袋在路中間。只有走火通道的樓梯才有落地的欄杆，看得見外面的屋子。樓底也高一些，感覺身板都挺直了許多。

常識課教到樓宇類型時，老師問誰住公屋？我第一個舉手，要知道現在環境好太多了。

許多年後，在大學念社會學時，講者問了同一道問題，我沒有舉手，因為全場都沒有反應。但我並沒有對此過分羞恥，城市總要有不同的人，才能維持運作。只是，我更加意識到披露自己的家境時，將多了些顧慮。

家有一個大房間，爸爸媽媽睡在雙人床，我和弟弟則睡在旁邊的單人床，中間留一條通道，基本上就沒有其他位置，我們共用床頭櫃，在上面放紙巾和鬧鐘。爸爸鼻鼾聲很大，一開始我和弟弟都睡不著，便會說悄悄話，無端端地笑，不知怎地又到了日頭。

父親說這是一個三人單位，當初申請時，弟弟還沒有出生，如果輪候四人單位，不知等到何年何月，於是便先住下來。

客廳放了飯枱、梳化、小型電視機、幾個儲物櫃，能夠大步走路，比以前好太多了。家住高層，只要乘坐升降機就能回家。以往要行四層樓梯，石階歪來斜去，須打醒十二分精神，避免失足。相比之下，我真的很滿意新家，做功課還能開摺枱，我和弟弟一人坐一邊。

那時真快樂。

或許還有一點貪心，我打開文具盒，想起同學的話。

鉛筆有不同款式，最常見的是中華牌，後來轉用鉛芯筆，就更多樣了。我記得以前頗喜歡 My Melody，隨母親逛文具店時，曾看見一支有吊飾的鉛芯筆，一個透明的音符掛在筆桿上方。握筆位沒有軟膠，筆的粗幼也不講究，但我還是愛吊飾在筆劃之間滴噠噠地晃動，寫字這事不再單調，每一次下筆也是一種炫耀。每次見到同學用類似的也異常羨慕，多次借故借筆。

當然這麼一支筆並不貴，只是我原本就有幾支鉛筆——就算有兩支已削到短短的，要用鉛筆蓋延長，但還是能寫——以及一支學校送的人人皆有的老套鉛芯筆。

事實上我們班裡，只有我和「孬皮仔」還在用鉛筆。

而令我突然覺得自己必須要擁有一支可愛的鉛芯筆，是因為孬皮仔也買了，圖案是大口仔，還好像有意無意讓我知道。成為唯一，並不一定是開心事，彷彿所有人都知道我連文具也缺少，如同我對於富貴的想像。結果那天一直嬲爆爆，沒有心情，直到回家，便吵著媽媽帶我買一支。

「你咪有鉛芯筆囉？唔夠用咩？同埋我哋仲有成盒鉛筆未拆！」她說的是學校贈的。

「都唔同！個個都有！我都想要。」

「咁你最後只會買到同人哋一樣嘅嘢。」

「總之我想要！」

母親只是說：「快啲做功課，我等間仲要煮飯。」

做功課時，我默默地哭了，覺得明明只是想要一支鉛芯筆，為何如此難。但我看到還在吃奶的弟弟，知道不能再因為我想要什麼要纏著家人，想著想著又哭了。

父親最後八點回來，那天，母親讓父親先吃飯，並且看管好弟弟，帶我下去商場文具店。

「你快啲揀啦，八點半閂門。」

我很開心，最後選了一支My Melody的。第二日，我就拿出來，假裝不經意地讓同學看到了，但根本無人在意。

自此之後，我就沒再向母親扭計說要買什麼。因為，在能力範圍以內，勉勉強強地，她真的會買。

小學的貓

小三的那個農曆新年，我和母親到了幼稚園王同學家拜年。從幼稚園畢業後，我便甚少見到幼稚園同學，除非升上同一間小學，或是住在同一條屋邨。不過，就我所知，母親還是和某些家長保持聯絡，她們此前就一起在幼稚園門口排隊，接我和其他小朋友放學，然後坐在附近公園的長椅上，一邊聊天，一邊看我們玩耍。

王同學住在隔籬屋邨，一家五口，住在公屋五人單位，她是最小的孩子，有兩個調皮的哥哥。王同學的父母很疼愛她，基本上，她想要什麼就有什麼，並且不會認為自己配不上，更不會羞於開口。

於是她就養了一隻貓。

幼稚園時，王同學在課堂上看見小貓的圖片，下方為「C-A-T」的拼字練習，便指著牠說：「我要養貓！三隻！一齊做細妹。」

一個月不夠，她便興奮地向我炫耀，王太帶她看貓，最後挑了兩隻貓回家，是英短，叫我快點去她家玩，還故作高深地說，可惜貓不能到街上散步，因為牠們很害怕陌生環境，是害羞的動物喔。

我也覺得貓咪可愛，但是家裡根本連做功課的位置都沒有，貓貓睡在哪裡呢？我希望牠可以擁有自己的空間。

這個想法都快要被我忘記。

直到拜年時，看見王同學的貓，以及在窩裡的貓寶寶，我忍不住盯著牠們。

「生咗BB……先一個月大。」

母親問：「你唔帶貓媽媽絕育？」

「之前想絕嗰陣時佢又病，點知醫好之前就嚟臨盆，最後咪生咗。但生完之後就做埋絕育，廢事又嚟多幾隻。你哋愛唔愛啊？送兩隻BB畀你哋吖？」

「我以前喺鄉下都有養貓。」母親的語氣溫柔起來，卻又搖頭：「唔啦，湊緊兩個細路，好攰。」

「我哋屋企有三個小朋友，咪又係咁養！」

王同學問我：「你想唔想要？」

「我想啊，生得好可愛……」我喃喃。

王同學大聲說：「時英都想養貓！帶BB走啦！咁我哋就可以一齊養。」

「都唔係……」

「你話好可愛喎！每日返到屋企都可以聞佢隻腳仔，好幸福㗎。」王同學真的揚起了滿足的笑。

最終，母親和我帶走了一隻貓寶寶，取名為小橙。

小橙是橘貓，身上淺淺白色條紋相間，肚子呈現白色的雲霧，有點虎斑，越長越大隻，斑紋便像水波流動。神態憨厚，全因圓滾滾的眼睛和肚皮。有時覺得牠跟人沒兩樣，總會在我低落時走到腳邊，喵兩聲，伏下，讓我摸。

平時，小橙愛跳到櫃子上，也常走上床，滿屋貓毛。我的鼻敏感從來沒有好，但似乎逐漸免疫，不再有刺激的反應。從此，我都不怎樣在家打噴嚏。

主要是我和母親照顧小橙，餵貓糧、鏟貓屎，我未曾如此關注一個生物的生活，看著牠吃喝拉撒，但一點也沒覺得噁心。小橙會從下腹一直把身上的毛都舔遍，然後在紅色的位置停留，濕潤得在燈光下反光的小小的三角位，那是牠的生殖器。

弟弟也會陪伴牠，不過不會故意抽空，多數是剛巧小橙在某個角落融化，而他用手拭了一遍又一遍。

至於父親，留在家中的時間實在太少了。

父親任物流公司管理員，一天工作十四小時，早上六點便出門，大約晚上九點才回家。從劏房搬到公屋，他轉過幾份工，但是工時相若，偶然輪夜班。他躡手躡腳地起床，到客廳梳洗，我們不再被弄醒。可以說，這麼多年以來，父親獨力上班，撐起這頭家的開支。

但如果他放假，小橙會坐在他的大腿上，他會輕輕拍打牠臀部。小橙的樣子總很寫意。

意外發生，好日子總是短暫。

那時，他在商廈任職，有一晚保安控制室發現卸貨區通道的鐵閘傾斜，著父親扶閘，一摸到鐵閘，閘門便隨之倒下，父親的腳一直被壓住，最終送院治理，所幸沒有生命危險，但是右腳失去知覺，短期內也無法獨立行走。

醫生說，什麼什麼私家醫院或什麼什麼外國醫生熟知這個情況，如果想要，可以轉介，諸如此類。

父親說：「吓，我邊有錢。」

財富和健康多數流向同一班人。不缺錢的人多數也不缺健康，或者說，如果他們變得不健康了，需要營養補給、藥物治療、手術介入，有多點錢便能夠得到更多資源，或者不需要等候太久——公眾醫院輪候照肺可花上好幾年，有能力到私家醫院候診，則能及時檢查，不需延誤到無法逆轉的地步。康復也需時間休養，卻也有很多人手停口停，問他們「為了身體健康，不如休養一下吧」，他或答，「賤命一條，把握時間賺錢養家」。有財富不一定能夠擁有健康，但有財富更容易避免不健康的生活方式，英這樣想。

公司曾派人探病，說父親沒有嚴格遵守安全指引，才會釀成悲劇，因此只能賠這麼多——我不知具體金額。父親憤憤不平，轉述公司的說辭：無謂打官司啦！要出庭，又要請律師，就這樣吧。於是父親收下微薄的賠償金，沒有再爭辯什麼。

此後，父親的腳一直沒有好轉，要求出院，用助行架一拐一拐地走路，希望能夠回到公司上班。公司說，父親這樣，上不到班喇！

那年經濟不好，金融風暴、股災，公司本就裁員，父親又行動不便，連上班的機會也沒有了。他不斷找工作，隱瞞腳傷，但面試後一律沒有回音。

父親像變了一個人。

他從中三開始工作，八十年代開設工廠，後循著九七金融風暴倒閉，沉寂一段時間，重新振作找些工做，娶個老婆管錢、養育小孩，他則在外賺錢養家，讓家人安穩生活，就是他能力感的來源，或是構成自尊的一大部分。

工傷後，他抽煙抽得很兇，全屋也是二手煙，我們的衣衫書簿被熏烤，再也去除不了煙味。

他到馬會賭錢，多數跑馬，都沒有贏。他後來沒有再賭下去，跟我說，輸不起。

即使弟弟一直咳，父親還是抽煙，還常叫弟弟努力讀書，而對我還是沒什麼要求。鞭策完弟弟，他又躲在廁所抽煙，即使開了抽氣扇，味道仍揮之不去，煙灰還會跌落洗手盤，驟眼看是燙傷了一個洞。

二〇〇九年，政府加了五成煙草稅，煙草商調整價格，一包萬寶路就由廿九元升到近四十元，一包煙都能吃到三餐「頹飯」、兩碗雲吞麵、一個晚市套餐。

但父親無法戒煙，結果他把原先會賭輸的錢，拿來買煙，每天能夠燒掉一包。

即使小橙主動坐在右腳上，他也只是撫摸小橙幾下，手似忽然沒有力氣。

因為他也感受不到小橙的重量。

無論開設工廠，抑或平實地上班，兜兜轉轉還是回到家中，無法作為。他簡直是無法抗衡命運的現代西西弗斯，只不過，更像那被搬運的石頭：沉默地待在家裡，誰都不知他在想什麼，彷彿將一切秘密收藏在身體裡面，密封，沒有任何流動。即使跟他說話，像以前一樣撒嬌，他也冰冰冷冷的，像我是礙事的人，但我卻能從他黯淡的目光裡看到，他覺得自己礙事。

我們家最後申請了綜援，四個人分八千零蚊——母親說，唯一值得慶幸的是，能夠申請租金津貼，權當不用交租，她乾乾地笑了兩聲，我們一同看向父親，他動都沒有動。

他有偷偷做復健，故意站立，鍛煉肌肉。右腳大腿只有一點知覺，依然無法工作；但他堅決不申請殘疾人士相關福利，怕從此一去不回。

我想起弟弟出世之後，父親笑過母親的身形無法回復原狀，生我的時候明明還能保持身材，怎知後來肚皮越發鬆弛、乳頭發黑，這些本是親熱時的黏連語句，但因為家太小了，我把一切都聽見。這些才是一去不回的東西，一個家庭，總不能有那麼多不幸的事。

鬆一口氣時，還是覺得真不幸。

運氣總流向不缺運氣的人，因為他們擁有的東西，能夠讓一切都更加順利，美其名曰，幸運啦、實力啦。不幸的人只會一直不幸，因為缺乏轉變的契機。

是我太憤世嫉俗嗎，但倒沒有把心裡話到處說，只是暗暗抱怨。

有天，我在學校考試，忽然心神不寧，幸好只上半天學。回家後，發現小橙沒精打采，好像對所有事物也興致缺缺，呼吸困難似的，常張開口，氣喘吁吁。我便緊張得哭了，卻不知怎樣做，只得抱住牠。

母親接弟弟從幼稚園回來後，叫我別太擔心，可能是轉天氣。但是小橙吃不下東西，最終便決定帶小橙看醫生。

「鄉下啲貓隻隻都係咁養大㗎啦。」母親覺得不嚴重，即使她平時也很疼小橙。

獸醫說小橙患上肥厚型心肌病，有心衰竭的徵狀，體液會積聚在肺部組織造成肺水腫或胸膜腔積水。

即是什麼？我聽不懂，但是好嚴重的樣子，小橙的「喵」也氣若游絲。「點解咁突然有事？」

「應該病咗一段時間，但平時唔會有明顯徵狀，要病發嗰陣先會心衰竭。而家睇到，似乎心臟血管中形成血栓，可能通過血液循環到其他部位阻塞血流，咁貓咪就會有危險。」獸醫補充：「**早啲嚟定期檢查可能冇事。**」

我認為自己沒有盡到主人的責任。

小橙看著我，沒有說什麼，但我知道牠一直很不舒服。

聽說，我們已經到了非牟利診所求醫，但依然很貴。母親向王同學家探問有沒有相關經驗，或是其他偏方，一無所獲。獸醫說小橙的情況很不穩定，為了確保小橙安全，只得老實地覆診。

我們沒有替小橙買保險，畢竟，一個月要付一百多，那時不知道原來真的會病——我自己傷風感冒，多數也只在家飲藥水，即使發燒，可能貼塊退熱貼就好。

怎麼貓咪生病了，看診的費用比人類還高昂呢？因為牠們長得比較可愛嗎？

母親說：「我哋真係負擔唔到睇醫生嘅費用⋯⋯本身屋企都係啱啱好，而家小橙成日覆診，每次都要千幾蚊。」

「咁小橙點算？我唔想小橙咁唔舒服。」

「唔知點算。」

在電腦堂上，我用手寫板輸入「貓咪肥厚性心肌病」，網絡顯示：「心臟的左心室會變厚，導致心臟腔室的容積減少……這些變化會導致心臟快速跳動，從而增加氧氣的消耗量，造成心肌缺氧，這種氧氣缺乏可能導致心臟細胞死亡，惡化心臟功能，並引起心律失常……用藥物幫助心臟正常的舒張與收縮……服藥後需要定期追蹤血壓以及肝腎指數、電解質，來循序漸進的調整藥物劑量。」

一想到小橙要不停食藥，我就替牠辛苦，我連飲一次藥水也苦不堪言。父母盼望小橙快點好，不要再到診所了，因為我們家已經負擔不起。

知道小橙看病要付錢，我就把以前儲起的散銀、利是拿出來，甚至不再在小息期間買魚蛋吃，一個星期共儲到二十五元，然後交給媽媽，說要讓小橙康復。我一邊說還一邊哭：「我唔食晏，唔好訂學校飯，將嗰啲錢畀小橙！夜晚我都唔食……」

杯水車薪。就算我把自己發燒吃的藥都省下來，把藥費全給小橙，仍做不到什麼。

看到什麼也想流淚，在家嗅到煙味，就好似被煙燻傷眼睛。

我哀求父親：「你唔好食煙……將啲錢留畀小橙！一星期都儲到二百蚊㗎！」

「冇用㗎，二百蚊幫到咩。」

「有用㗎！有用㗎！」我只懂重覆：「以後小橙冇事，你先食返啦，好冇？」

父親沉默，直至小橙離世前，真的沒有再買煙，更拿了兩張一百蚊紙給我，走到一旁坐。

但當我把這些錢儲起來，想要讓小橙得到更適切的治療時，似乎為時已晚。最重要的其實是常備一份閒錢，讓小橙及時做檢查。

這個道理太難理解。

養貓的人不必有錢，衣食住行可以選便宜點的，東西可以用二手的、轉贈的——不然，為何無論貧窮富有的家亦常見毛孩。

窮人不能養貓，因為生老病死並非跳躍的階段，而是緩慢的過程，當中要經過綿長的歲月。若然無病無痛便能平靜終老，只是世事怎能如人意，多少摻雜苦澀。病需要治療，需要吃藥，需要檢查，通通需要錢。吃喝的質素或能調整，但面對疾病，都是盡力醫治。

或者養貓的人，不能擁有「窮」的思維，害怕付小錢，總對意外心存僥倖，譬如以為「好貓一生平安」，根本沒有機會用得著醫療保險。貓咪是鮮活的生命，若然以每個月一點錢，避免不斷覆診、服藥與手術所帶來的高額，或許是值得的。

可是我就真的生於這種家庭，窮困，每個月剛剛好。

唯一的好處，也許就是取得綜援後，再去申請其他服務，能夠免去入息審查，書簿津貼取全額，學校有什麼門票、助學金也會第一個推薦我。唯有這樣想。

這些東西能讓我繼續過下去，卻沒有起死回生的能力。

經過反覆治療，醫生已經盡力延長小橙的生命，著我們多陪同小橙，那時剛好是暑假，我常常留在家中，和小橙說話。

你可以看到的世界，是不是就只得王同學家和我們家？出去看醫生時，會不會很好奇外面的人、動物、花花草草？應該很想住其他樣子的屋吧，因為我也想。一直都沒有給你一張像樣的床，但你沒有抱怨過，還似是很享受地攤在紙箱裡，如果是我，可能還會扭兩句計。你都沒有貓伙伴，你的朋友和家人只有我們，會不會覺得無聊呢？我們還常出門。聽說別人的貓都比較冷酷，但你常撒嬌，就像真的需要我們。謝謝你。小時候，我常常好奇其他星球，即是比地球更加遙遠的存在，你將要去了，有空的話，要告訴我好不好玩。

我還是很想知道，你在這裡生活得開心嗎？

對不起，我知道我就是你的全世界，卻照顧不好你。

但牠還是在不久後離世。

偶然恍神，我好像看見自己抄起一把刀，一下又一下刺死孱弱的小橙，母親掩眼，父親在旁抽煙，弟弟轉過身。

而小橙只是對我笑。

珍珠奶茶

印象之中，我小六的時候，突然掀起過短暫的珍珠奶茶熱潮，當時台式飲品剛剛來到香港，還不流行，唯獨常常見到珍珠奶茶的廣告。

Comebuy 當時還不是「ComebuyTea」，只有幾款飲品，我記得珍珠奶茶是十九元，和一個活力午餐價錢相若。總是，與店舖斜斜地對視，看那些排隊付錢的人，看上方的燈牌，甚至拿了傳單來看有什麼能買，一遍又一遍，最後卻連銀包也沒有拿出來。

下課後和同學去玩，他們走到 Comebuy，然後說：「不如飲珍奶。」

我借口推辭：「我嚟月經，飲唔到凍嘢。」

另一個同學則笑笑口：「好貴啊！我唔買喇。」

「我買，你飲幾啖囉。」

「好耶！」於是他們就買了一杯珍珠奶茶，輪流喝著，我眼巴巴地看，想開口說「我都想試一啖」，卻抿著嘴巴。

「下次你月經走之後，我哋再買，估唔到你咁注重養生。」

「係囉，睇唔出你年紀輕輕就咁講究，我三百六十五日都飲凍嘢。」

「冇計啦，我會經痛，廢事成個人癱咗咁。」

「咁就唔使返學喇！」

我滿腦子只有一個念頭：**以後我要做一個誠實的人**。

之後我自己逛街，也會經過Comebuy，喝了一次，第一口便婉惜自己錯過那麼多次，後悔太遲認識，但喝到最後，則覺得原來自己心心念念的味道，不過如此。我還多買了一杯，帶回家給弟弟喝。

但到了二〇二五年，ComebuyTea已取代Comebuy，開到成行成市，四十幾蚊一杯桂花雙奶珍珠奶茶，我才後悔，為何以前不多喝點？

不過每次看見母親下班回家，我也提醒一直自我約束沒有錯，一杯珍珠奶茶的價值，除了奶精、糖分、澱粉以外，還可以轉換成母親辛勤工作的一小時。我想像成她累死累活才能讓我得到一杯甜飲，頓時便覺苦澀，喉嚨還乾涸起來。

然後媽媽也病了。

起初，我以為只是父親有病。自他工傷之後，性情變得古怪，我們便無法再與他溝通，他亦常與母親吵架——開始時，她嘗試和他說話，但沒有得到回應，她感覺一切都回不去，常口噏噏他對家人不管不顧、沒有承擔，什麼傷人的話都往外竄，身上沒有任何一塊肌肉能攔截。父親不耐煩，駁了幾句嘴，便開始爭吵。有什麼好爭呢？悲劇已經造成，怎樣的辯論也不會使彼此好過，可是如果不吵，怕沒有任何方法自證在乎。

小橙死後，他又抽回煙。把頭撇過一邊，揭開煙盒，還取出打火機。引起母親不滿：「咩環境啊而家？仲買煙仔。」

「唔使煮我嗰份，我食煙就得。」他說過，唯有吸煙，才讓他感知自己正在呼吸。

其實我很想問他，家裡有什麼令他透不過氣來？我們每一個也咬牙活著，沒有人怪責他無法工作。

父母相親的片段偶然在我腦海中回閃，這是唯一真實存在過的虛幻憑證。

小學時我常到圖書館借書，剛好看到《變態心理學》，書談的是精神病。我感覺父親符合抑鬱症病徵，便在網上查閱資料，發現他應該求醫，便說服他先看普通科門診拿些血清素、安眠藥，當然沒說是精神健康問題，只是怕他身體變差，畢竟長期失眠。他抵不住我百般亂纏，於是終於去看了，晚上我問他有否取藥，他板著臉，完全不回應。我不知道發生了什麼，但也明白他不會接受治療。

或許媽媽把一切都看在眼內，所以便「瘋了」——這是弟弟的用詞。

弟弟說媽媽常自言自語，好像在跟某個人對話，但只是對空氣指手劃腳，面帶痛苦。說服媽媽則容易多了，陪她看了醫生，不知道具體診斷為何，但媽媽需定期覆診、服藥。

「我不是一個合格的妻子，丈夫有難，我不能分擔，即使有心，也無法與他共鳴，你說我是不是沒有用？對吧。」

「作為一個女人，竟然失敗如此，我怎樣做女兒的榜樣，如何教她相夫教子？」

「我要去死？我要去死？我不能死，我要照顧老公和仔女。」

「我還要寄錢返鄉下。我是一個有用的人。」

母親和我一起睡，每一晚我也聽見她的驚懼，以家鄉話忽明忽暗地說話。有時我聽不到，便問清楚，輪到我心慌。

其時，母親已經在做第二份工。她先在連鎖餐廳任洗碗工，後因腰傷轉做校園送餐，即負責運送小學生在學校吃到的飯盒。她從廠裡出餐，再跟車送到學校，派入課室。其實做第二年時，她的腰傷已復發——那間小學沒有升降機，她和另一個姨姨一人拖行一邊飯箱走樓梯，每次也要保持腰部微彎，必須持續發力，一不小心就會失去平衡。但她還是頗喜歡這份工作，因為工時不長，平時也能接觸小朋友，她說好像看見我們以前更天真無邪的樣子，所以，還是堅持上班。

我只覺得危險。她在廠裡搬運飯盒，多數要把預熱的飯菜從大型蒸焗爐取出，公司卻沒有提供保護衣或任何安全措施。有次她燙傷手肘，一整塊皮膚通紅，後再脫皮。她不肯詳細地說，因知道我一定會叫她辭職——都這樣，年少時以為工作辛苦便不用上班，可隨時到另一個產業謀生，或吸風飲露，每天照過好日晨。這樣帶著腰傷和細碎的燙傷撞傷瘀傷，母親竟憑著這份現金出糧的工作幫補家計，一個人養全家——好吧，還有香港政府的幫忙。

我說，工作辛苦，不要做了，我會快點長大，賺錢養家。

她問，照顧家庭也辛苦，是不是就不要家人了？你還小，這幾年我先撐住。

在她聽到「聲音」之後，我便勸母親不要再工作了。家裡在取綜援，勉勉強強也夠用。

每當此時，我都恨自己在不大不小的年紀，既沒有年長到能夠為家遮風擋雨，又無法如弟弟一樣懵懂無知，對於轉變毫不敏感。大人們肆無忌憚地在我面前傾訴，我能做到的就是關心。

母親連病假也不會請，從來沒有過，發燒也挑星期日，一覺瞓醒便回復正常體溫。她是兼職員工，沒有病假，如果缺席，就會扣除兩日薪金——不知為什麼，還要倒扣。沒有再問下去，只是遵守，不然質問公司政策嗎？連工作機會也沒有，過著更加拮据的生活。孰是孰非，孰輕孰重，自行判斷，反正她沉默。

多過幾個月，母親轉了工，不再現金出糧，所以，我們家就不能再取綜援，真真正正靠著母親的收入維生。

新公司是外資企業，專做入口批發，母親負責包裝工位，不過她還是兼職員工，一星期工作六天，朝九晚六。因為是兼職員工的關係，放假依然沒錢收，飯鐘依然不計錢。

幾年後，母親的同事離職，把公司告上法庭，指其違反《僱傭條例》——她們已連續受僱四星期或以上，而每星期只要最少工作十八小時，便屬「連續性合約」，應享有基本權益和福利，如法定假期薪酬、有薪年假等。最終，離職同事成功索償四十五萬。母親恍然大悟地和我分享：啊，原來這麼多年以來公司也犯了勞工法，但無人察覺，即使隱隱約約覺得不對勁，仍不會大費周章，畢竟還要在這裡工作，賺錢糊口。

「不如辭職啦……」我不想看到母親被欺負。

「呢份工人工好高㗎，理得佢犯唔犯法。喺香港搵到呢個錢，都多過出面好多。做人要知足。」她拒絕。

此後，公司每四星期就讓員工重新簽署一份新合約，分別使用兩間註冊公司的名義修訂文件，這就不是連續受僱於同一個僱主了，但母親一直以來也在同一個地方和政策下工作。這種做法讓公司逃去了法律責任。

至今相安無事。

母親喜歡這份工作，人事關係簡單，能夠認識到良善的同事，收入比舊時餐飲行業高些，超時工作有補水，偶然還有公司聚餐，抽獎、看表演。因此，她一直做到我廿幾歲，即使我已經上班了，她還是繼續做這份工。

而在她離職飯商公司後幾年，舊同事友聚時告訴她：那間小學建了升降機，輕鬆很多。

護膚品

貪靚的十來歲，也是自卑的十來歲，一個班房，就有三十幾種自卑的形態。甫踏入青春期，我便對外形不滿意，身高太矮、皮膚不好、胸部無甚發育的跡象，每次獨自對鏡，或是與人走在一起，也怕遜色於他人，於是愛把自己縮小，卻又想呈現更美麗的。對於聰明、內涵這些被號稱是「真正」重要的東西，我也有努力增進，然而自卑絕對無法如此填補，必須方方面面有起色，才能稱得上好。

於是我會折騰自己的臉。

在 IG shop 買過很便宜的深層清潔泥膜，還有獨家用法：如果乾掉，就可往上再噴些水，讓它再乾一次——這就能用面膜做兩次深層清潔！如此算下去，用一個價錢就能做到兩倍的事。後來，我的臉部敏感發紅，就買來了號稱能夠抗菌的茶樹凍膜，又是到銀行入數後苦等郵寄，挖一大坨敷到臉上，結果凍膜不但無法舒緩紅腫的皮膚，臉反而越來越刺痛，迫不得已看了醫生，說是黃金葡萄球菌。

自此，我提醒自己別再往臉上塗塗抹抹，因為不想再花一筆冤枉錢在求醫之上。

只是某些護膚品的興起，還是讓人忘記血與痛的教訓。

蝸牛睡眠面膜、消炎精華油、保濕雪葩……甚至因討厭五官的建構，訂購過整容精油，相信那一小瓶的黃色液體就能達到挑高鼻樑、大眼、豐唇的效果。我如同神農氏嚐百草，什麼都往臉上搽。皮膚隨之脆弱起來，但總是會復元，於是又學不到深刻的醒悟。

其中我最感興趣的是黑頭貼。

Facebook的廣告氾濫，以前還未有保護毛孔的概念，但早就吹捧嫩滑皮膚，於是撕拉式黑頭貼便非常受歡迎。只要上網，就能看到有網紅或明星在用，品牌次次不同，但都能拍攝到把黑頭從毛孔中抽出來那一下。

我當然也有留意，在藥房看見二十蚊能有五塊，左思右想，最後還是買了一盒。回家試用，發現還真能把黑頭吸出來。

像西柚果肉——自此我就沒有吃過西柚。

但常常要付二十元才能換來五塊，這樣也不是辦法。也許因為是一次性消耗品，所以每用掉一塊，就格外心痛，何況一次或許會多貼幾塊，務求讓更底層的黑頭都黏出來。

我經過DAISO，看見也有賣黑頭貼，十二蚊三塊，有一款更是四片裝。

無人守衛。

無人巡查。

無人察看。

心跳突然加快，我拿起一盒，在手上把玩，行到其他區域，乘機打開包裝盒，取出一塊，眼睛還假裝專注於毫不感興趣的手工藝材料。繞了幾個圈，又把手袋中的水樽取出，喝一口水，連同那塊黑頭貼放回袋。最後把包裝盒放回去架上，再漫不經心地離去。

算吧，DAISO咁大間公司，冇咗一塊半塊黑頭貼，唔會執笠嘅。

買到嘅人會好不幸，莫名少咗一張。

算吧，求佢當做善事啦。

之後幾次，故技重施，每次處心積慮，就是為了偷一塊黑頭貼。許是幸運，並未被發現，但我有天竟後知後覺地害怕，啊，這是犯法的事！難道要為了一塊即棄用品坐監？哪怕是一百盒，也絕不值得斷送未來！

有好多晚我也不斷夢見自己，在DAISO把黑頭貼塞入袋，被當場發現，人贓並獲，然後手被砍下來，臉上貼著黑頭貼遊街示眾：「此女下賤，偷竊黑頭貼，賊膽都細過人！」街邊出現同學、朋友，指著她竊竊私語，鼻頭上的油脂突然傾瀉出來，潑我一身……

心慌到不行，自此沒有再做。

可是也無法補償。

這件事成為我永久的秘密，不曾與人說過，我也無從解釋，當時為何這樣。

而自那以後，我再不曾在IG shop上買護膚品，似乎真正需要護理的，並非表面的東西。

胸圍

另一種自卑的形狀，大概在更衣室裡就可以清晰展現。

少女即使腋下流汗，也是芬芳，靠近頸項，便有乳香散發。氣味是看不見的，行遠一些，難辨少女各自的體香，但衣物則太過明晰，把校服脫下來，底裙脫下來，只剩藍色喱士、黑色棉質、白色尼龍。嘻嘻哈哈，你最近又大了，嘻嘻哈哈，別揸得咁大力，嘻嘻哈哈，你的胸圍真好看。

我沒有想過，原來自己對於胸圍也有憧憬。

那時是中三下學期的開首，在此之前，其實我已經知道需要一件能夠承托胸部的貼身衣物，但不算太清晰，畢竟性教育堂沒有區分過底衫、胸墊背心與胸圍的分別。

隔籬班有個女生，初中三年，於運動會也取幾枚獎牌，上屆更是三金運動員，擅長長跑、跳遠，雖然身高不超過一米六五，但比例極好，雙腿精瘦，而最為人津津樂道的是，擁有一雙豐滿的乳房。

女性凝視——她會嬌俏地說：咦，你哋唔好再睺我啦！

其中一個常偷偷看著「三金」的就是我，天知道我多慶幸自己身為女性，同樣有一對乳房，才可以與三金待在同一個更衣室，知羞卻仍大膽地以餘光窺視雪白的身體，豐盈而生機勃勃的曲線是一根柔軟的繩子，把我的心勾得死死的，卻還是為三金而跳動。

誰會不喜歡三金呢，白裡透紅絕不是誇張的說辭，她整個人也像一個初熟的桃子。

我既羡慕又妒忌。每個星期，我都會捕捉到三金的內衣款式，全包型，什麼顏色都有，後有三排扣，最漂亮的有喱士。

有次我剛巧在換衣服，三金走到旁邊脫衣，問及：「你喺邊度買bra？」

「唔知……我媽買。」

「小朋友款咁，我驚你著壞胸咋。我喺Satami買，新都會都有一間，雖然唔係大牌子，但都舒服。」

霎時間，我無法反應，尤其是確認三金眼中的善意真誠得很，純粹提醒青春期懵懂無知的少女怎樣保養自己的身體，就像照料初生的花兒。我默默關注了三金那麼久，每年運動會、校際活動，總會注意到一抹俏麗的身影，在飛躍，在迎風，在奔騰，每一幀都令人震撼：原來少女的生命可以如此鮮活。我打從心底憧憬著三金，卻清楚這不是愛情，只是對方身上過分美好的特質，令我心神嚮往，想像或許哪一天，也能成為那樣的女子。

然而如今，三金對我的印象，就是一個快要成年，卻仍穿著小孩胸罩的幼稚鬼。

沒有形，沒有款，沒有鋼圈，沒有扣子；僅有似半截背心般的布料，裡頭塞了一塊薄薄的墊，就算穿上身，也不會變成完熟的胸部形狀，作用就是遮蔽羞澀的乳頭，讓人不看見它們在窘迫之時會顫顫抖抖地立起。更加舊那些，在胸前還有一個小小的粉色蝴蝶結，看起來就像幼稚園小女生會穿的內褲。多洗幾次，形狀歪到不行。乳房也安守本分，與胸衣一同停留在童年，微微隆起，沒有明顯發育。

表面還勤勤懇懇地裝作誠摯，我發問：「你呢個係咩款式？」

「有矯形嘅，我有啲副乳四散，都想佢聚攏啲。」三金舉起手，展示腋下。「你唔著胸圍，應該都有副乳，快啲矯正。」

我堆起笑臉感謝三金，嘴上說：「好啊，我會去睇下。」

其實我知道葵芳那間內衣店，只是不懂發音，每次經過，內心也浮起「莎什麼什麼」的讀法，記得住，卻看不清，也未曾闖入去翻胸圍背後的價錢牌和尺寸。

那天放學後，我馬上乘車到了葵芳。沒有亂逛，沒有受其他東西吸引，直奔扶手電梯，再到莎什麼什麼。我穿著洗白了的校服，弓著背，背著書包，淡定地走入去，上手摸不同胸圍的材質，半杯的能用有限的布弄出繁複的圖案，厚墊的令我忍不住按了又按。

售貨員過來，問：「小姐，你隨便睇下，有冇話對邊款有興趣？」

我像聽不見，也不知除了「呢個」和「嗰個」外，怎樣表達各種胸圍的不同，只繼續上手摸。

「呢個好多後生女著㗎。」

這就是三金穿的那個。我說：「我想睇呢個。」

「你著開咩 size？」

「我唔知……」

「幫你度下，跟我入嚟更衣室。」

多過幾分鐘，我就穿上了這胸圍，獨自照鏡，合身，緊貼胸部，把兩團肉聚在一起，售貨員還替我把副乳撥進去，雖然多舉手郁動應又打回原形，但還是讓我非常興奮。人生第一次看見自己的身體有些成熟的氣息，山丘小小的，腰部有曲線，如川流，山水相連。我很喜歡這胸圍，跟三金那個同款，只是不同顏色。

好漂亮。

好漂亮。

好漂亮。

我慢慢地把胸圍脫下來，解開後扣，胸部忽然失去束縛，流離出來，我以雙手托住胸圍的下方，小心地掛起，再慢慢地穿回自己的背心胸圍，照了一下鏡，馬上出來，快手快腳拿給店員：「唔啱我。」

幾乎落荒而逃。

價錢牌上寫「$368」，霎時間就把我從夢幻之中叫醒過來，世上所有人也要一個美麗的胸圍嗎？城市裡許多人甚至沒有一對健康的乳房，或變形鬆弛，或滿佈癌細胞，甚至將要失去乳房。所以，我仍然要執著於一個胸圍嗎？

只要還有乳房就好。

最後回歸原來的想法：又不會被人看到，何必買這麼好的？

在離開莎什麼什麼之後，我一直如此默念。

電影

日本是香港人的家鄉。這個認知，在我小時候已經植入腦海，但能夠隨時移除，畢竟日本並不是我的家鄉——我從未去過日本。

不僅如此，亞洲其他地方，我亦未曾涉足——說得好像曾到過歐洲大陸那樣，坦言，我只來過香港，到過香港，是個徹頭徹尾的「港女」——每當朋友問我假期有沒有到哪裡玩啊，哪怕是北上，我都會這樣自嘲。久而久之，誰都覺得自討沒趣，便不再問。

但我還是會靜靜地聽。

「景色似宮崎駿電影，真係好靚。」同學給我看照片，我點點頭。

但我根本沒有看過宮崎駿，只知他在動畫業享負盛名，同學也會買波兒、龍貓、吉吉、無臉男……我記得它們的名字，因為想顯得自己至少看過一些電影，即使沒有親身到過日本，亦不會與同學們距離太遠。宮崎駿，就是我對於日本的印象，景色如畫、動漫、巧思、移動城堡、不能吃太胖、波兒波兒波兒魚兒小寶貝。

我不但沒有看過宮崎駿，也沒有在戲院看過戲。

在戲院裡看一套戲，這有什麼必要呢？戲飛還很貴，即使是早場也要兩日活力午餐的費用。免費電視台周末會播放「星期日影院」，每星期也有電影看，雖然不是最新，但我本來都沒有看過，所以通通新鮮。我最愛看周星馳，《喜劇之王》播完後，我一整個星期都悶悶不樂，覺得尹天仇很可憐。

星期日影院沒有宮崎駿——至少我沒有看過。

但免費網站有。家裡有一台電腦，父親在 Foxy 下載《超人特攻隊》給我和弟弟看，從此，我們輪流找些感興趣的電影或劇集，不介意畫質低、簡體字幕，有些甚至是在戲院中錄影——當時我們只覺得這套戲好酷啊！視覺效果跟其他的不同！全然沒有任何版權意識，因為我們都沒有進過戲院，未曾看過盜竊違法的字眼。所謂常識，多數來自生活經驗，但不是所有人都生活也相同。

在很久很久之後，追求我的男生說我很有氣質，尤其愛拋書包說「腹有詩書氣自華」，我都努力壓住自己的嘴角，淡淡地道謝，然後想起 Foxy 上有大量色情影片，總混在其他電影之中，我和弟弟常不小心下載到色情影片，而且，不會立刻關掉。

到了中學，我探問別人閒時有什麼做呢？因為他們看起來很大壓力，我好奇到底是什麼支撐他們走到今天。

他們有的說看戲。《飢餓遊戲》系列、《冰雪奇緣》、《怪獸大學》、《風起了》、《回到最愛的一天》，還說很想看《華爾街之狼》，可惜未滿十八歲。這些熱門電影的名字，在網上隨處可見，甚至我都已經看了影評，雖然完全記不住內容，還是不斷搜索他人的感觸。我對於熱門電影的理解是二手的，經過篩選、濃縮，印象憑藉一堆街客或影評人塑造。

每個人對於每一部作品也有不同的看法，然後造成輸出時的不同，哪怕只是敘述故事，一堆「因為所以而且但是」亦會受到理解影響。我所看到的，只是他人主觀想法的產物。

但我們家完全沒有這種活動。除了不捨得花費在娛樂之外，還因為父母的關係越來越差。就近落樓下吃茶記的日子，一去不復返，更不要說是故意外出逛街、看風景。家住山上，附近沒有戲院，因此看戲絕不會是突發事件，只能是提早預約的家庭活動，但關係都四分五裂，怎會有溫馨的短聚。那些稀鬆平常的事，輕易地成為絕唱。

也許是對事物感到最新奇的那幾年，欲望被不斷擠壓，變得扁塌，失去彈性。即使開始打工賺外快，也不想跑去買張戲飛。

《你的名字》上映時，我拿著兼職所得的錢買戲票，和同學入場觀影，我才知道進入戲院看戲是很平常的事。銀幕很大，電影走到中段突然靜默，筆掉下來，手掌心沒有任何痕跡。我開始理解電影的魅力，流下淚來。彗星來襲，靈魂交流，這些遙遠的事，竟然親切起來。

親愛的錢

在對錢感到十分焦慮的不知第幾年，我決定打工。媽媽在做銀行出糧的工作，家已沒取綜援，勉強維持基本開支，我根本沒有零用錢，偶然出街，也在用以前拜年儲落的利是錢，像在公園撕麵包皮給麻雀一樣慳儉。

在平淡無聊的日子中，我會想起小橙，害怕重複類似的遺憾，我想儲一點點錢，或是說建立儲蓄的意識。

據說不能請十五歲以下的童工，否則犯法，而我又不知哪裡是灰色地帶，只得乖乖守法。

十五歲的那個暑假，我到了麥當勞打工，學炸薯條，人手不夠時也做收銀，突然間又被叫去鏟垃圾、抹牆、拖地，有時也要抹儲物櫃，但要先把裡面的杯子取出來，明明根本無人會開那個櫃。經理心血來潮，就說要清潔雪櫃裡面的架子，還在旁邊不斷檢查，忽然就會兇一句：「唔想做呢啲工啊？而家就收嘅話，星期一唔使再嚟。」

領著最低工資，忙到踢晒腳，香港人好喜歡吃快餐，或者是因為方便，快快食完就上樓繼續工作，不會讓口腹之欲阻礙事業發展。麥當勞有時會推出特別的套餐，客人會對我說：「幾時出返 shake shake 薯條」、「我想飲蜂蜜雪梨茶」。

我也想做老闆，決定菜品，賺大錢。做著做著便麻木起來，有時候一個外賣已經比我時薪高，手忙腳亂時竟然有種錯覺：這一輩子也要留在這裡炸薯條。

最怕這不是錯覺，而是預言。

我只能「幹你娘塞爆」。

那裡做暑期工的也有中學生，一次過請了四個十五六歲的嚫仔嚫妹，幸好如此，返工時才沒那麼難捱，大家年紀近，投緣點，可以一同抱怨經理的神經質。

上了一個星期班之後，K便會久不久給我擠一個完美的新地筒，然後拉我到後廚吃，頂替收銀或出餐的位置。

在他連續擠了一個星期的雪糕後，便靦腆地問：「完咗暑假，我哋仲可唔可以見？」

K家住大西北，聽他說，學校常有人打架，人人都不念書，他是懂事的那批，至少會在假日返工，幫補家計，以免家人操心。他清清爽爽，順毛劉海剛好過眉，戴幼框眼鏡，像個書生；落落大方，游刃有餘，獨獨在我跟前會紅了耳朵，不敢對視超過三秒，所以我喜歡逗他。

我當下的感覺是害怕，為自己的心動，誰能夠不陷入這種偏愛呢，何況他是可愛的少年。

可是下一秒，我又想到，他在中文中學仍不能考取頭二十名。

以後要怎樣生活，啊，他畢業後就會出來打工，譬如說送貨、執倉？身體漸漸在開工時勞損，廿幾歲就留有腰傷，日復日的體力勞動讓新疾養成舊患，咦咦唉唉，隨便買點消炎藥止痛，一輩子，就這樣下去。直至某日動彈不得。別人問他在哪裡高就？他就以久經日曬的臉咧嘴說，我做凍肉跟車。萬一像我爸爸那樣斷了腳就更糟糕，行動不便，然後就會抑鬱，有機會自殺，或者從此抑鬱下去。

我說：「而家我都係想以學業為重……學生唔應該咁早拍拖。」

「我可以等你。」

別等了，我是壞人，與其把時間浪費在我這種計算殊多的人身上，不如多念幾個補習班，至少在公開試科目取更好的分數，還能念副學士，就算不駁上大學也沒關係，總叫做大專或高級文憑畢業。

也是同一個暑假，我和客人P在一起了。

他是一個常在夜晚堂食的人，當時還未有自助落單機，他都前來櫃枱親自下單，點一個脆辣雞腿包餐，加大要shake shake薯條，配蜜糖燒烤粉，七百毫升雪碧。不知怎地，他和我對上眼，然後就互相交換了聯絡方式。

他介紹自己是大學一年級生，在港大念工商管理，其實也不是很喜歡吃麥當勞。

我的臉熱了起來。

噢，大學生——我無法否認，對於青春期的女生來說，同齡男人總是太幼稚，「哥哥」是恰到好處地成熟一些，卻又不全然世故，保留著一點少年人的可愛——而且他還念港大商學院，學習生財之道，將來如何與金錢和富人打交道，這簡直是最有意義的學術研究。

他約我去玩，暑假空閒，我就選那些不用打工的日子出去，那時還不懂打扮，穿T-shirt牛仔褲就出去了，只是把頭髮放下來了，有多點大人氣息。

但是我在約會之前就說好了，我沒有錢，所以才到麥當勞打工，賺最低工資。

「我出錢咪得囉。」

「我唔係咁嘅意思……只係唔想去啲負擔唔到嘅地方。」

「放心啦，我畀得起兩個人嘅使費，何況你細我幾年，我請你玩係應該。」

「好啦。」我給予純真少女般的回應。

「我就嚟考車牌，已經過咗筆試，如果之後過埋路試，我就可以請你遊車河。」

「你有車？」

「屋企有幾架。」

「啲人話養車都要好多錢，泊車都係一筆使費。」

「咦你又知喎，但係放心啦，濕濕碎。」

此前，其實我也沒有真正地談過戀愛，好些時候，剛對於男同學身上的爽身粉味心生好感，便敲打自己：看看你這副瘦弱模樣，如敢被愛情分心，念不好書，就活該一輩子這副模樣。

但他是不一樣的，他已經完成義務教育中的所有課程，還憑著自己的成績考入大學，如果我和他在一起，也許就能有和他相近的智慧，發奮圖強。假如我失手，不能做好學生的本分，至少與他恩恩愛愛，走到白頭，便可保證有段安穩的婚姻——我不會一輩子就現在這模樣。

我要承認自己並不是單純可愛的少女，或許這是我天生的缺陷。

尚且他算幽默風趣，我們戀愛。

果然如他所說，開支是他付的，不過我並沒有貪得無厭，從未開口說過想要什麼，譬如昂貴的禮物、首飾、衣裳，萬一他在分手後追討，我實在償還不起。他卻說，正因為我看似無欲無求，恰似韓劇中的女主角，貧窮而剛強的灰姑娘，令他更想保護我，給予更多美好的事物，因此他常製造驚喜——一杯手搖、一支唇膏、一個手機殼、一個手袋、一對鞋子……並且特別備註：不用回報。每個月的十四號，他都借情人節名義給我送禮物，要麼是手袋，小小一個，完全裝不了書簿和水樽；要麼是銀飾，能在上學時偷偷地戴。

我私心認為，這段戀愛很大程度上滿足了他的英雄主義。

有次P接我收工，被K看個正著，他紅了眼，臉上盡是不甘不平：「你唔係話以學業為重？」

「愛情嚟到真係擋唔住。」

「所以之前都係藉口？你少少都冇諗過——」他像說不下去。

「啊——」除此之外，皆不是合理答案：「我已經係人哋女朋友，無論講咩都唔適合。」

脫下制服，離去，幾乎是逃脫。

我催眠自己，別要三心兩意，P就是當下最適合我的選擇，一個比我年長、聰明、穩定的伴侶，而且願意付出。都說要找一個對自己好的人，我深以為然，而這好不好，則要長遠持續下去才看到。

此後，K就沒有再和我說過話，每次在後廚工作，他都刻意迴避我，眼也不掃一下，我卻清晰看見他總是眼紅紅。其他同事調侃我，哎吔怎麼把我們這裡最純真的男孩弄成這傷心失落模樣，你真狠心。隨即他們又說，可是也理解大學生是比較吸引，至少不在麥記打工換零錢。我擺擺手，在這裡兼職也很好呢，別再說了。

別再說了，我才是最不吸引的人。

和P談戀愛的第四個月，我們便分手了。

實在兒戲。我升中四，甫開學便很忙，經常有補課測考，無法在他課後的下午見面；到我放假，他又要期中考、交論文，結果只能用Skype聊天，但背後是雜亂的家，我吃力地把鏡頭靠近臉，久而久之，我多數關閉鏡頭。看著他的房間，潔白的牆身，後座還有一部蓋了紅絨布的鋼琴，聊著聊著，我便意興闌珊，但沒有主動說分手，畢竟他請我吃過那麼多餐飯，送過一些不算昂貴但至少我不捨得買的禮物。所以，我沒有資格決定這段關係的去留。

我只是在對話之中漸漸沉默，表現得像累了一樣，遲疑地回覆短訊，或常錯過來電。

然後他就說了分手，我爽快答應，體面地結束這段戀情，彼此也無眼紅紅。

出奇的是初戀結束後，我竟沒有太傷心。真奇怪，不是想要安穩的生活嗎？不是崇拜前途一片光明的大學生嗎？不是寧願被請客送禮嗎？我就是被物質吸引，乘私家車，出入消費能力無法負擔的餐廳，收取與年紀不符的禮物，所以才與P建立這關係，我就是這樣的人吧。心卻一直空落落，就像把珍視的東西遺漏在世界某處，毫無頭緒。

什麼才是我渴望的呢？

我滿心疑惑，配上青春期對自我認知的迷惘，竟揉合成濃重的憂。

反而在許多個晚上睡不著的時候，常常想起K。

自此之後，我再不敢路過那間麥當勞。

母親知道我打工，嘮嘮叨叨一大堆，不用急著賺錢，以後讀好書替人補習好過，麥當勞不好做。她不想我出賣勞力，像她一樣。父親在旁，聽見母親的話，待她去廁所，也來問我兼職的事。但多年來甚少與他交心，加上心情不佳，我敷衍地答：「普通 part-time 一份囉。」甚至沒有和他對視。他欲言又止，最後擠出一句：「返學之後就唔好做，辛苦啊。」

此後，我就真的專心念書起來。

我的成績在學校裡僅屬中游，不過也接受自己天資有限，無法再衝刺取得更好的成績。所以我相比起其他同學，沒有那麼大壓力，但是閒下來的時候，又嫌自己窮。

所以我嘗試去搵一些快錢，真的。中五末已差不多學完所有課程，每日都操卷，日子非常無聊。

雖然沒有網絡論壇的帳戶，但是我還是很愛瀏覽，用戶們都說做女人很容易，隨便出賣肉體就可以賺到錢，譬如做PTGF、性工作者——當時還更興說「援交」，少女為了得到金錢而與成年人進行性交易，不論是《警訊》還是學校的生命教育堂，也常常告誡我們不要這樣做，避免以小失大。

是非黑白，我無從分曉，不知怎麼辨別小與大。古有賣身葬父的廿四孝故事，假如一個還未讀完書的學生，有一對病入膏肓的父母，偏偏是夾心階層，無法申請任何社會資助，恰巧雙親患上罕見病，需要特殊昂貴針劑，即使有及時雨資助，應該也不能覆蓋全部使費。

尊嚴在這個時候就是小，而生命、人生這種虛無的東西就是大了。但我從未反駁老師、輔導員、社工說的話，這種例子太極端了，好端端的人怎麼會在短時間內病危呢？工作了那麼多年，應該也會有點存款吧？

那如果是一個家境貧寒的青少年，正在確立自我，而他很想弄到一點錢來證明自己的價值，以免終其一生受年少種下的自卑影響呢？

我查閱各大貼文，最終決定售賣底褲。

倒沒有像其他人般穿很久才脫下來包裝，我就穿幾小時，再將橡筋位置遊走腋下，增加體味，這樣就百幾蚊，如果剛巧流出白帶，就再加幾十蚊。

買家會問我取照片，一律不給，托辭「小妹害羞」，只形容自己的外型為「158cm、45kg、長頭髮、大眼睛、鵝蛋臉」，對方便會回覆：我們可以做愛嗎？或者，愛塑造自己形象的那些則會說，我很欣賞你的破格，很想深入了解你這個人，有機會的話，我可以請你吃一餐飯嗎？保證不會有逾越之舉。

待我不再回覆，多隔一會兒，便會說：「臭雞。」

「臭雞」？我一開始也會反駁這些人，喂我沒有出賣身體，憑什麼這樣造謠？後來直接封鎖。

我在路邊攤一次過買下許多底褲，大概一條「原味底褲」的售價，就可以買到兩打「原材料」，也未曾洗過，就直接穿上，因我不想母親發現洗衣機多了許多底褲，但櫃桶裡卻無加無減，來來去去都是那幾件。

以平郵寄送。考慮到順豐速遞需要帳號，我又不想寫上真實的電話號碼，難道要額外買多部二手機和電話卡嗎？因此我就買了一堆大信封，把內褲徑直塞進去，多層膠紙牢牢黏好，晚上偷偷摸摸地放在郵筒，統統不寫回郵地址。大概，郵差摸到時應也感到疑惑，但希望他們不會好奇到打開信封，再經過幾日密封，異味應該更濃。

後來有人說願意加錢，讓我做一些動作來增加內褲的氣味，如運動、自慰……我統統答允，卻因測考繁重，沒有額外花太多精神，最多多穿幾小時，污漬明顯，寄送出去。

他們回覆：「係聖水嘅味道。」

我開懷大笑，自此發現原來男人——或者是全人類，也無法準確地分辨出汗水、尿液、白帶，甚至是陰道流出的透明汁液，內褲款式若然足夠青春可愛，即使我放一條男人的陰毛進去，也是動人的。

這一年裡，我也賺到不少錢，本想從此金盤洗手，但有人提議如果我能夠當場脫下內褲，則給我兩千元——大概十至二十條原味底褲的價錢。於是我猶豫再三後便答應了，選在離家很遠又和學校毫不相干的奧運地鐵站，在月台邊邊角角裡交收。我太緊張了，只是模糊地看到有一個人影走近我，我就急急腳跑開，最後跳上地鐵逃回家。直至轉乘巴士，我的心仍然怦怦怦怦地敲打著整個身體——頭腦一熱就答應了這瘋狂的提議，卻沒有考慮過萬一被人發現，甚至是被客人跟蹤、起底、非禮的後果。

一星期後，我似乎感染了陰道炎，我在網上說，陰道流出很多和平時不一樣的稀稀的水，有酸餿味，留言說是念珠菌之類的，讓我快點治療。當然，也有人說要買那條沾有細菌的內褲。

我第一次扔掉了自己的內褲。

多等幾天，如果還沒有自己好的話，我就要看醫生，但醫藥費要三百多，所以最後去藥房買了塞藥。

都不知怎樣想的，明明賣兩三條內褲就抵得起看醫生的錢，卻還是下意識覺得不值得——我的身體會自己好的——再不濟去配六十元的藥塞進去也能好。

最後，我便沒有再做原味底褲。

當時弟弟快要升讀中三，想要選生物、物理、化學、微積分，我已無法指導他功課。聽說，他有心儀對象，因此發奮，爭取高中三年能與她同班。我看他這樣，也知道作為家姐，不能太懶散。

公開試快要殺到，我知道更重要的事是迎合教育制度，磨平自己的標奇立異，做一個乖巧平順的考生。

通識課上，老師提起關於賣底褲的新聞，立下一道關係題：全球化如何導致少女售賣底褲的現象？分組整理論點，在回應題目時，個個都說，這是不道德的、違反倫理的、色情的。

我反問，怎麼就不道德呢？這是沒有人受傷的商業交易，社會因著這些供求而平安無事。試想若然完全沒有性工作者，性犯罪率應會提高。

同學說，是否所有問題都是無人受傷便正確？我們會否提倡少女自願成為性工作者，實踐身體自主？售賣貼身衣物的用途只得色情，這是一種賣春。

「如果社會真的不歧視賣春，為何誰都遮遮掩掩，害怕被發現，而不是開心見誠地公開自己的行當？」

我吞下「社會歧視就代表不道德嗎」，換上點頭微笑。說真的，我也不知怎樣反駁。

有一個我倒是認同的論點：這或會造成細菌感染。

補習

念書那會兒，時興補習天王，燈塔、古代、中帝補習社，一個班上總有些同學同時在這些補習社上課。

「煩死……我四點要上中文，五點就到數學，七點上生物，夜啲背埋朗誦份稿。」

「吓，好似就嚟比賽喇喎，你仲未背晒？」

「老陳冇搵過我練，拖拖下唔記得埋……今朝先醒起，佢約我聽日食晏背一次畀佢聽。」

「你剩係補呢三科咪算好囉，我日日放學都要補到八點幾先走，呢種生活幾時完。」

「唔止呢三科！只係因為呢啲我特別差，阿媽叫我上雞精班。」

我沒有加入過這些對話，連名師都未能準確地對標姓氏，除了最出名的。有同學補習如追星，常在課間說：「殷師份筆記仲詳盡，你快啲去補，我真係佢所有堂都上過晒咁濟。佢講嘢勁入耳，頭髮又多。」

「用咗咁多錢補習，最後成績冇進步過就弊，笑死。」另一個同學說。

「大概係幾錢？」我好奇。

「一個月幾千蚊都要。」他說：「你就好啦，唔使補習。」

「我都想補下啊，不如我哋交換。」

「風涼話！我想放學直接返屋企啊，補習都用咁多時間，仲點樣溫書做功課。」

我說自己想補習是真的，不是非得要成績進步，我只是好奇義務教育以外，自費去上補習班，到底是怎樣的體驗？假設中學之後，再無契機在補習社門口排隊交學費。那些天王是否有足夠的魅力，讓我這般貧窮的學生心甘情願地去上一堂又一堂的課？

那時同學R，聽我說沒有上過補習班，竟說：「資助你，等你入到大學之後再還畀我。」

我本想答應，但最後說：「我只係想上一堂，冇理由為咗二三百蚊而蝕幾千。」

「你去上下數學精讀囉！保四衝星！我幫你畀啦，反正二人同行有折扣。」

噢，我是一個機心叵測的女子，自從初戀之後，便覺得愛情與我好遙遠。只有那些同樣睡在狹小屋子、未曾獨自霸佔一個房間的人，才能夠理解我骨子裡的自卑與不安，連同那份向上流的決心，他必須親歷一遍，方能身同感受。

可是我太過清楚我這種人的缺陷，是無法大方利落地愛人，怎麼能夠告訴他——我可以不顧一切地對你奉獻所有！哪怕你一貧如洗！

我相信他也是。

只有那些被愛和穩定的物資滋養長大的人，才能坦蕩蕩地獻出愛，以及穩定的生活，至少婚後買樓，我可以分到一間書房，而不是只能用兩小時的書桌。

我知道同學R「喜歡」我，或者說是想要湊齊他的集郵清單。我們年級有個很無聊的排行榜，依據女生的長相、身材、性格分高低優劣。我不知道自己具體排在哪，但肯定比同班的米雪、瑟琪、莉莉和隔壁班的艾米、安娜、瑞貝卡更靠後，因為他都追求過她們。在快要畢業的日子，輪到我了，像在完成最後的任務。我是他圖鑑中最基本的款式，他絕對稱不上喜歡我，卻又無法忍受位置空缺。

聖誕假前有班際歌唱比賽，全班也留在課室吃飯，方便練習。他問我想吃什麼外賣，我以為他打算叫給一堆人吃，怎知外賣送到，他獨獨拿給我一個日式丼，而別人都是吃什麼和食、川味，讓我好不尷尬。我把魚生分了給同學。

又或是，他愛在網上給我買耳環，譬如是《愛麗絲夢遊仙境》主題的——他把我的喜好記成了瑟琪的！我最喜歡的童話是《小美人魚》。而後他又訂製了中文字的耳環，寫著我的洋名「愛」和「莎」，標楷體。這兩雙耳環，我都拒收，但是他說：「寫咗你個名，你叫我點樣處置？」因此我帶回家，放在了一個很深的位置，就像我永遠不會再尋找得到那樣。

什麼我個名？我叫周時英。

從這，我發現他的意圖，並且坦然地接收這份好意。

因為他根本不夠心動。

我沒有說，其實真正令我不舒服的是，他好像比起任何人更清楚我的需求。一堆錢，補補習，有點額外的娛樂，添一件稍有亮色的衣裳。我們之間沒有任何深刻的對話——聽說他與集郵榜上的其他女孩也如此相處，根本沒有了解過她們的內在，對於所有人，他都送一樣的禮物，訂一樣的飯盒。這很好，我不想他過分了解我是什麼樣的人，功利、糾結、矛盾……分明不是美好的形容詞。如此淺薄的追求，就像他知道我是這樣的人，因此才不深究。

這簡直讓我鬆一口氣，卻又暗暗難過。

所以我要更加坦然地接受他的善意，這是委婉又貪心的報復。

最後我也和他一起上數學雞精班。我的數學科表現不佳，如果狀態差點，就會降一至兩個等級……有次我在校內測取得四十八分，連累全班同學得不到獎勵。所以，我害怕公開試會考不好。

R長得很高，也頗為健碩，我們上課時就坐在同一排，被他擠得小小的。所有人也很專心，拿出計算機，依照老師說的公式把題目裡的數字按進去，不斷代入。

「你哋上完呢堂，以後再考返呢個題型，唔准話唔識！」老師激昂地說。

這個題型果真出現在卷一乙部的最後，不過我把大部分答題思路都忘記，只取了幾分——我本來也懂的。

R在學習休假期間，常常找我聊天，我不應，除非傳來補習筆記，長按通知欄，把圖片下載，不讀不回。或者，他問我中文綜合卷目的答題技巧，我便會傳送自己的筆記，不忘揶揄：「你做咩唔問名師？」他有補殷師。

他說：「有啊。」還拍給我。

考前幾天，他還說：「有啲嘢我想同你講。」

我想答：「唔好——」

然後他就傳來：「考晒先，到時再搵你，溫習加油。」

在無聊的高中生活，其實我感激他讓我也成為過某個人心中特別的存在，哪怕短暫地、可被替代的，總好過沒有。

考完公開試之後，R沒有再找我。或許是他已不想說那些話了。

我應該早就預料，不過心裡還是暗暗地失落。放榜之後，他就致電：「可唔可以畀返之前數學雞精啲錢我？最近手頭緊。」

我說好，也沒有算他說的數字有沒有多、有沒有少，就銀行過數，以之前賣底褲的錢——那見不得光的生意終究以知識的姿態轉化，乾乾淨淨。

終於道德。

放榜後，經過聯合招生，我順利入讀大學。

必須坦承，我不是一個特別愛念書的人，但「最佳五科」的取錄評核標準，讓人中中挺挺、偶有一兩科不俗就可以拼湊一個得體的分數。

小時候，我在〈我的志願〉裡寫的是，長大以後要做神秘顧客，在餐廳裡試食，再給那些服務態度不佳的餐廳打一星；又一年，我寫了清潔工人，因為看過他們在早上洗地，拿著水喉往地下噴射，人們便要繞路，我覺得很型格。結果被老師評為離題，不合格。我拿著作文問哪裡偏離題目要求了？她說，人的志願不能做這些工作，念書識字不是為了二十年後穿清潔制服。

清晰的蔑視，但我當時還不懂以「社會各行各業也有其重要性」反駁老師，只是發現原來有些職業是不夠光鮮的。譬如，當時母親做校園送餐，要穿藍色制服，先在工廠出餐，再入學校搬箱，被喊做「飯箱姨姨」。別人問我媽媽做什麼，我也含糊地說不知道。

中學派位前，我們也有參加過開放日，那些學校列舉的優秀學生，全部都做高薪的職業，醫生、律師、老師——所謂的精英，共通點是能賺錢、對社會有貢獻，還受人景仰，畢業多年還會在壁報板上掛著，行過路過也不會錯過。

初中時，我就告訴自己，不要從事太過不穩定的職業，哪怕是自己有興趣的。不要做作家，不要做美術，不要做戲劇——大紅大紫的都太少了，抑或要死掉後才被世人欣賞，哪有那麼多的創意或表達是珍貴的呢，若是不得自由，終生為甲方服務，消磨創意。

後來又自省，更不要做新聞，社會變化太多，隨時連行業也消失。

當然我也沒有奢想成為精英，人貴自知，我的成績考不進全級頭十。學校說，像我這樣中游的學生沒有出息，比上不足，如果想和下游比較就更加不要臉。

幾番挑選，又迷惘起來，我都不知自己要做什麼。

「我想做記者喎，應該讀傳理。」有天，我和弟弟談起生涯規劃，他這樣說。

「你成績咁好，竟然揀傳理系？」

「咩啊，傳理系收好高分，中大新傳就嚟去到神科分數。」

我說：「考咁高分出到嚟做記者？四年大學學費，返一年工都唔知回唔回到本。」

一股無名火起。從小至大，弟弟念書的天分都比我高，小學時，他總是輕輕鬆鬆去考試，隨隨便便就能考到全級頭五！還因為數學天賦高，被選中入奧數隊，奪得一等獎之類的榮譽。他應該要考入醫學系！

但我沒有再與弟弟爭論，因為他想念什麼，其實都沒有錯——

我喜歡心理學，但無法承擔念碩士的學費，如果無法念上去，再做臨床研究，拿著學士文憑，不知前路；能力也欠奉，質疑自己能否成為順利畢業的少數。

我喜歡文學，但心知自己的才華平庸，不能寫出驚世駭俗的文章，也無法潛心研究前人的文字。

我喜歡研究社會，然後呢？可以做什麼？上網看每個人都說讀社會學會揸兜乞食。

或許是不夠喜歡。或許我只是喜歡高枕無憂，對於那些號稱喜愛的，都沒有深入了解。

日子便變得更加平凡。我這個不怎樣補過習的人，開始幫人補習。朋友介紹的，中一至中六各有一個，每星期一堂，我把他們都編到星期六，一次過補六堂，以免星期日又要外出。

通常補到第三堂我就會打瞌睡，所以行去下一間屋之前，我會到自動販賣機撳一包檸檬茶，還是忍不住打呵欠。

讓學生開始做練習後，我就會在旁發呆。

雖然沒有賣底褲那麼輕鬆，也算是「快錢」，補初中的一堂二百，補高中的一堂三百元，如果對方家境富裕，我會開高一點價錢。一整天下來，至少上千，將現金拿到手時，身上的疲累一掃而空。

也是補習之後，我確定自己不會做老師。

我對教學沒有熱誠，讓小孩做懂一道又一道題目，這事對我來說，沒有任何成功感，此前的煩躁已蓋過一切，只能憑課堂完結後的胡逛亂走緩解。

可能我只是一個平凡的學生，所以學生上課時，並不會有對補習名師的崇拜，反而不情不願，成績多數在五十幾分，然後家長期望憑著一星期一堂的補習班，增長到七十幾。嘩，大概是五星星的成績。我多數會和學生說，你不要板著口面，我也不在意你拿多少分，但你需要一個更好的成績塞住別人的口。你有想讀的學科嗎?那就好，就當是利用，你需要這個分數，有理由打起精神聽。

有時我都覺得他們可憐，因為分數被剝奪或自我剝奪休息的時間。

不過，想到如果他們空閒，說不定會像我那般賣底褲，便寧願他們念書。

教師是一份高薪且穩定的職業，但我不會為了這點而做。世上有很多賺錢的事，人可以四處往外求，但是有些職業必須有良心，存在責任和道德。原生家庭以外，老師對於孩子有重要的教育角色，這是有機會救人，也可能殺人的職業，不能沒有真誠的心。

不傷害原則。不一定做正面的事，但必須盡力避免傷害，這些職業若沒有真誠的心，則會很危險。我不是一個善良的人，但也不想隨便害人一生。

捱過了星期一至五，好不容易放兩天假，竟然又要上課——幸好，他們說，在我之前或之後也在補其他科，我不是唯一的壞人喔。

J是中五學生，我替他補習約一年後，漸見進步，從三十幾分變四十幾，考試剛好合格。

「你好認真生活，好似如果唔係咁嘅話，就要死。」

「咁誇張。」我笑他幼稚：「少爺仔，如果我間屋有你咁大，廁所都瞓到五個人，應該就唔會係咁嘅樣。」

「所以你同我好唔同……有時我唔想讀書，根本冇足夠嘅動力，就算讀唔到又點啫，最後去阿爸間廠做。入大學係阿媽嘅心願，話而家大學咁易入，我都要做大學生先得。」

教育制度是同時設置給精英和窮人的，精英用它來攀上更高的階梯，拿著各式文憑與學位得到權力；對窮人則是爭一個向上流的機會，人生就只有一次公平競爭的機會，那就是公開試，人人拼的都是智力和努力——

放屁！資源是不公平的，貧困的人無法從小到大享受優渥的環境，學習資源缺乏，甚至沒有一個能讓人專心讀書的房間。到了高中，貧困生怎樣花大價錢去買雞精筆記？差距在微小的地方上顯現。

所謂天分，到底是什麼？與生俱來，亮眼，必須發展下去。為何有錢人好像更加天資優厚？我猜測，是因為資源。有足夠的資源讓人周圍試、周圍發掘，假如相信天生我材必有用，那麼每個人也有優勢，但有時，不是所有人也足夠幸運地找到，譬如山區兒童的天分會是操控股票市場嗎？屋邨仔的天分會是打高爾夫球嗎？誰知道呢，都沒有試過，就被界定為庸碌無能。

必須比他人有更高的覺悟，及早明白這件事，才不至於在覺悟之時，已來不及追趕，還在補足基礎的東西。

所以窮人容錯率也低。

不過，這已是一個相對公平的途徑，讓人向上流，至少命運也投下一張入門券，只是不會透過國際文憑通往外國而已。

你這樣想好偏激。怕收穫這樣的評價，所以我沒有說出來。

「咁你入到大學嘅，咪可以塞住阿媽把口，等佢信你都靠得住。」

「摵時，我覺得，我想以後都同你傾偈。」

我在之前沒有說完為何自己要勉勉強強也念到書，因為我想大部分人也不明白，對於我這種沒有什麼特長、才能和姿色的人來說，念書是我的機會——找到一份不俗的職業，過上平穩的人生，以及，踏入更高階的圈子。

出身不公平，家境不公平，但考卷的答案多數有對錯之分。教育制度很壞，卻是對於我來說，能夠憑努力超越那些不公平的機會，實在難得。

可惜J仍是中學生，我不喜歡「弟弟」，於是含糊地說：「可以啊，但當務之急係溫好書先。」

我想我也沒有真的想要一個高階的圈子。

比方說，我不用和有錢的男人結婚，但希望和他的收入相當，二人組織家庭時，開銷不會差距過大，不必為吃一餐放題而左思右想，就只要輕輕鬆鬆地生活下去。不必大手大腳，至少不為小額錢財憂愁。

想來想去，我只是想脫離從小到大那種生活模式，而不是想擠身到那些金燦燦的家。

J約我到迪士尼玩，我拒絕，之後J的母親打來讓我去：「你玩咗幾多個鐘，照計返你時薪。」

於是我和J一起出發。

J買門票，買卡通頭箍，買鎖匙扣，還買了頸鏈給我。我提出AA制，或輪流付費。

和我十五歲的初戀不同，當時P是大學生，閱歷比我豐富，也更有經濟能力，所以，我相對地心安理得地做一個小女人。但是J只是十七歲的男孩，而我比他年長幾歲，這幾年又受新時代女性思想感化。我心中生起愧疚。

我說：「你至少要畀我請食飯。」

「唔使啦……阿媽話包晒今日使費，費事你難負擔。」

「兩個人都係二百蚊樓下，唔會畀唔起。」

天殺的炸蝦拉麵要價九十港元，明明只是屋邨樓下茶記質素！最多是鳴門卷長了老鼠的耳朵。

「你畀到，但係都唔好，我輕鬆啲嘛。同埋阿媽資助。」

「你咁覺得我一餐半餐二百幾都唔得？」

「唔係……但阿媽話知你屋企窮，費事搞到你好大壓力。」

之前我以為J對我的好感是純粹的少年之愛，但原來還有一種憐憫。

我好不容易捱了十八九年，入讀大學、替人補習，以為知識或分數可以稍稍消彌人與人之間的差距，譬如學生會膜拜我，或者欣賞。怎知，原來還是在滿足他人充英雄的心態，好像無論走到哪裡，也要做弱者。

原本我還覺得午餐很不划算，但這樣的討論之後，我就馬上把八達通拍在機上。

「你又何苦。」J輕輕地說。

「有何苦？我一堂都收你唔止呢個價。」

「你要上足一堂先有……如果我畀嘅話，就咩都唔使付出，咁樣比較抵。」

我沒說話，知道他不帶惡意，但我自尊心傷透。

J又補充：「我都好想照顧到你，唔係剩係得你教我嘢。」

這是少年人純粹的告白，是否？我無法對於他善意的眼神視而不見，卻又難以接受。

我們之間的差距，最明顯的莫過於他覺得彼此的出身並非大問題，或是不足以窒礙我們的關係，而我十分在意，深受影響。我需要錢，他喜歡我，所以他願意付出他有的錢來幫助我；而我清楚這永遠不是一段平等的關係，因為習慣計算，我在被他請客時，終將不敢叫一道比他點的更貴的菜。這種滋味，我在作為中學生時嘗過，不好受，就像在販賣情感，即使當中有真心，卻又——或因此更可惜。我不夠坦然，無法坦然。

「我教你嘢係職責，你回報我嘅係乖乖地讀書，公開試考好啲。」

J，你考上大學，體驗生活，住宿舍的話應該可以夜夜笙歌，和那些與你志趣相投的人在一起，認識純粹的女孩子，她們自小不為衣食憂愁，長大了也可更落落大方地愛與被愛，不會為一張門票發愁，更不會苦惱半天如何在接收後回報。

「你知道我唔係咁諗。」

他替我調整歪掉的頭箍，我的心突然軟了一下，好殘忍，現在我因為自慚形穢而傷害一個少年。最後，我的理智讓我說：「好好玩埋今日，有咩入咗大學再講。」

晚上，我做了一個夢。灰姑娘自小生在貧苦之家，事事不得坦蕩，認為自己最不幸也最堅忍，幸運地得到王子花心的賞識，費煞苦心左借右借後穿上玻璃鞋，偷偷跑入舞會，與他舞了一曲又一曲，卻惶惶不安，因為這禮服就算再合身，也要工整地站立著才能美麗。

皇后追上來，砸下三千五百元現金：「離開我個仔！你以為自己係咩新鮮蘿蔔皮？」

我上前拾起一張又一張紙幣，還急得沒有把錢攤開來，皺成一團，塞入胸口裡。

然後脫下這份不屬於我的華服，以及走得腳痛的鞋子。

王子撿起玻璃鞋，瞬間忘掉灰姑娘的長相，湊近嗅了一下：「好臭，抌咗佢。」

公開試後，J還是有找我，天，這是他人生最自由的時候——如果將來他要繼承家業，相信每日都有合約要簽——電視都這樣演。

但他沒有說什麼，只是和我一起看電影，把長長的片尾看完，然後行出戲院後一起哭，陷進傷心的情節。一起去看日落，與海下沉，就像影子和腳步，他在用傳統的有線耳機，分我一邊。

どんな未来が
こちらを覗いてるかな

君の強さと僕の弱さをわけ合えば
どんな凄いことが起きるかな？

他長得高大卻會配合我的步伐，靜靜地走完長廊。他不吃辣，卻愛和我吃川味火鍋，問耳朵通紅的他為何如此，他說：「我想睇到你開心。」

ほら もうこんなにも幸せ
いつかはひとり いつかはふたり
大切を増やしていこう

為了我那自尊心，這天的花費，我們AA，把一切都分開一半。

然後J問：「你可否都做我另一半？」

可能是那天的晚燈照在他的臉上，顯得輪廓特別硬朗，所以我便吻上他的唇。

素直じゃないと
いけないような気がしたよ

愛繆《春日》（ハルノヒ）的音符在跳躍。J常讓我想起K，年輕的，稚嫩的，好勝的，細心的，溫柔的。

我像一個垂垂老矣的女人翻著泛黃的相冊，回憶起舊日沒有得到的棒棒糖，然後翌日戴著呼吸器逛盡大街小巷，偏執地找點過期的糖分，哪怕濕透，哪怕融化，哪怕日漸衰老的身體已不宜冒險。

J不會為搵幾個錢到麥當勞做兼職，最多當作體驗生活；童年的資源是一堆興趣班，讓他在小學打下基礎，怎樣也混不進更壞的學校，在中學懶散，家人也給他保駕護航，找一堆老師給他補習。有所有後路，DSE不行便IB，本地不行便到外國，給整個人鍍金。嘩，又一個成功人士。有錢的小孩子，都有個美麗的外貌，金錢會燦爛地發亮，把內在的東西掩蓋著。如此階級分明。

我都恨自己連戀愛這種理應熱烈、不計後果的活動，仍然保持冷靜。

J牽起我的手，用力一握。

天邊的雲突然散去，月光照在他的臉上，整個人也閃閃發亮。後來我才明白，月光同樣照在我的眼。

我喜歡J，喜歡他的浪漫、純粹、可愛，喜歡他那種大無畏的性格，好像只要願意，事事可成。

這些都是由錢養出來的，我想試試和他交往，感受一下和我截然不同的人，到底是怎樣。

愛情會令人自卑，動情的原因或許是，他身上有閃閃發亮的特質，我稀求但自知沒有的，於是一邊認為他美好，一邊認為我缺損。原本那些令我驕傲的東西，譬如勇敢、堅強、敏感，在他襯托之下忽然黯淡了許多。我的眼睛將二人比較、秤度，最終，我自愧弗如。

清楚明瞭，我在夢想中的特質面前十分渺小，那些我窮盡力氣都沒有的魅力和魄力，他都有。我為我的稀求和失落自卑。

和J交往的日子很快樂，他常說我好，比較成熟體貼，顧及他的感受，情緒冷靜，從不鬧脾氣，永遠溫柔。

「我想娶你。」他總愛埋首我胸前撒嬌。

「你要嫁畀我。」他也愛用頭髮磨蹭我的頸。

「傻嘅，」我幽幽地笑：「結婚好大責任㗎喎，婚姻唔止兩個人，而係兩個家庭。」

「我可以啊！可以照顧晒你祖宗十八代，你放心交畀我就好。」

我想訴說我的矛盾：

就像那些有毒的現代關係裡，先動心的那一方總是亦步亦趨，害怕他離去，於是患得患失，小心翼翼，動作變得輕柔，彷彿稍一不慎便破碎。即使拾起來拼湊，也少不免破皮流血；卻沒有想過這樣無聲無息，連存在的標記也會消失，然後被遺忘。之所以對J千依百順，是因為內心的自卑在蠶食我，使我不敢隨性地展露自己，怕當中有惹人厭的部分。由是謹慎，只敢溫柔——安全無害的溫柔。

他在愛我的弱點。

我不是這樣的人，骨子裡自卑，卻也自大。對於自己能夠翻山越嶺好好地長大感到驕傲，在家裡會對弟弟頤指氣使，也能雷厲風行地把事件強硬地處理，甚至臉無表情。我愛著這個自己，使我感到瀟灑自在。

於是，我的隱忍也迎來反效果，J只覺得我越來越不快樂。

J升上大學之後上莊，有幾個女生愛和他貼得很近拍照，然後放上社交媒體，J還要轉發，縱然照片中有一大班人，還是令我只聚焦在她們。而且，她們也常傳訊息給他，帶有可愛的表情，還傳送愛心貼圖。

我的佔有欲湧現，看了兩眼那些女生的樣子，心頭非常嫉妒，尤其是我刷到她們中學時已在瑰麗酒店與家人慶生；卻怕他覺得我小氣，結果就憋著不說，破綻留在眉眼，我冷著面與他逛街，語氣也漠然，他猜了很久原因，我通通說「冇嘢啊」，伴隨忍不住的冷笑，一來二去，他便受不了，委屈地說：「佢哋確實係對我有啲嘢，但我都冇受，完全冇異心，你而家怪罪我，好慘囉！」

不，我沒有怪罪你，我只是——呷醋——說不出來。

我妒忌你身邊有比我落落大方的存在。

彷彿你如此敞亮的人，與那樣明媚的人更相襯。

後來我們吵架的頻率越來越密，而一旦把怒意洩露出來，便一發不可收拾。

有時是我無理取鬧，隨意找些事借題發揮，鬧脾氣要人哄。他捉住我的手，我卻會甩開，一次又一次。情緒是利器，我握住重重地刺向他。縱使意識到我的不是，但也無法主動示好，甚至道歉——如此，則讓我確定自己低他一頭。這時又覺得自尊最緊要，或許是除此之外，我一無所有，才自卑到自大。

過不了多久，J便和我分手，和莊員在一起。不是出軌，他只是發現我與想像中的溫柔女子不同，原來還帶著麻煩和口不對心。他可以選擇的有很多，於是我們和平分手。

我也不想和平，本想大吵大鬧，最後卻只懂無聲地流淚。

J竟然失望地說：「我寧願你大聲挽留，或者鬧我，咩都好。你咁樣，好似唔夠鍾意我咁。」

我失笑。

分手之後，我哭了整整半年，元氣大傷。即使遇見男生主動靠近，我也覺得不是J那樣可愛。

大學的貓

這次分手，其實令我很傷心。

自卑時，我便自覺一事無成，沒有特別的能力或性格，不能被牢牢記住，唯一相信自己應該頗擅長的，就是處理情感。自小到大，我也不會容許自己傷太久的心（除了小橙之死），因為我們誰都沒有空餘浪費時間，這是奢侈的事，良好的情緒管理實則上能夠讓人騰出更多空間，作更多壯舉——這是小學的講座上，某事業成功的嘉賓分享的，我很想否定，卻沒有更高的成就去駁斥——喂，就算多愁善感也能夠做大事！

可是與J的交往，讓我發現自己連情緒也無法控制，不能夠憑藉調和達到健康。

或者說，我很喜歡他，但我卻發現，情到深處人孤獨，我的動情將拉遠愛人的距離。

這個發現令我難過，原來真心或會趨向不幸。一旦我認真、投入，身體裡所有的毛病也會跑出來，眼睛是哀愁，嘴巴是膽怯，肩膀是懦弱，心肝脾肺腎是自卑，骨肉是厭惡。我多年來小心翼翼收藏的柔軟釋放，卻因塵封多年而乾枯，只像一隻流動的獸四處啃食關係的紅線，直至斷裂。我覺得不能再愛人，這使我們彼此受傷，無法冀望日後。

原來我也不擅長處理情感。

小時候曾經與朋友開過玩笑，出身寒門，那怎麼辦呢？努力讀書、工作，方可扭轉命運，至少晉升階級，不必再窩在公屋一輩子。我心想，其實能夠住公屋也很好啊，租金平、不用交管理費、多數交通配置不賴，如果工作後還能一直住公屋，我想我願意。

朋友說這是沒有志氣，因為公屋也會逐年資產審查，怎麼可以一輩子也被歸到低收入家庭呢？

我瞪大眼睛，但是多數是高不成低不就，打一份差不多的工，剛好應付生活所需，便所餘無幾，還有什麼空享受生活。

朋友不斷打量我：「你要做少奶奶！靠美色嫁個有錢仔，打跛腳都唔使憂。到時養埋我。」

看來這條路行不通。

上一代常說，婚姻不過柴米油鹽，嫁給誰都一樣，怎麼可能。父母恩愛時整個家庭讓人感到難受也甘願，不睦之後一呼一吸也艱難。

我想嫁給愛人，能夠互相扶持，一同成長的伴侶。與J分手後，我甚至思慮結婚的可能。一旦戀愛，我就會不安，過往在朋友之間的灑脫形象將完全崩壞，變得猜疑無度，焦頭爛額。我在眼淚中戀愛，對方也會被我淹沒，最終只能浮游到另一處。

不愛當然能夠來去如風，因為沒有在乎的事物，自然輕盈。可是我怎麼甘願如此付上一生。

「如果對方好好好有錢呢？唔使你愛佢嘅，佢肯畀勁多錢你使，唔過問你財政。」

「咁如果我包養個我真心鍾意嘅人，又得唔得？」

「嗱，咁你又有啲過分。」

我想像不到怎樣能夠只為了金錢，就囚禁自己的幸福，與不愛的人每天共對，連噓寒問暖也心虛。

「你唔肯，可能係道德問題，或者都未夠窮，未到絕路。」朋友這樣結論。

與J分手，在我心中，等於我不能再建立美滿的關係，甚至是關係。

這種想像很可怕，我常夢見自己孤獨終老。當時住在宿舍，不常回家，室友常早出晚歸，或直接不回來，讓我自由也孤單。沒有人和我說話，我便自言自語，慢慢編出一些遙遠但合理的故事，有時到頒獎台發表感言，有時在街頭目睹衝突挺身而出，有時被拐賣到外國開始飆英文——其實也不合理，因此，不可以讓任何人知道。

我常做夢。夢沒有邊界，怎樣稀奇古怪的事也會發生，有時認為，夢是想像力的極限。故此，亦常在半夜驚醒，再也睡不回去。

一天夜晚，我回宿舍，看見貓咪。

牠有個洋氣的名字，是校園裡受歡迎的橘貓，大家都喜歡撫摸牠的毛，或者與其合照。校園專頁常見牠的身影，或關心健康，或談論軼事，算是貓明星。

不過我從沒有主動撩撥牠，因為牠有點像小橙，每次見到牠，我便想起那已逝的親人，不能再共聚。

貓咪向我走過來，躺下，把毛髮整理在身下，然後「喵喵」叫。

我在石櫈坐下，看牠一臉悠閒的樣子，慢慢笑出來。我開始和牠聊天，手也不停，拿出紙巾清理牠滿是油脂的耳朵。

你在校園生活得開心嗎？喵。

你也吃飽瞓足嗎？喵。

我最近很糟糕，分手很傷心。你明白這種感覺嗎？喵。

你說我會不會就這樣孤獨終老？喵喵喵。

你覺得我不會？喵。

聽說很多人都在愛裡患得患失，但我們總要成長，學習與對方定下界線，不至於每次都像八歲小孩般（八歲是我自己胡亂想像的年紀啦，我十五歲才初戀）。對呢，現在也比以往也勇敢了些，J本是我不會交往的人。所以我繼續成長，也會值得幸福吧？喵。

你會祝福我嗎？喵。

謝謝你。喵。

以後我會多來找你聊天的。喵喵喵喵。

四下「喵」是什麼意思啦，是很開心嗎？喵。

此後，我回宿舍時，都會特意留神貓咪有沒有出來。如果有，就會和牠坐下來聊天，牠能聽懂我的話。

我看著貓咪，我知道牠不是小橙，卻慢慢相信小橙如果重生，會擁有更好的貓生。

然後決定，以後我也要養一隻貓。

人類真自私呢，只是因為自己喜歡，或者說養貓能減輕抑鬱情緒，便擅自擁有貓咪的一生，從不具體知悉牠的意願。可是，這是我生平第一次感受到自私的必要。

受騙的那個

當我精神了一點後，有一個莊員著我一起做美容療程。我很開心，自中學畢業以來，便再無認識到能夠一起行街買衫的密友，莊員是很有魅力的女孩，光芒萬丈，自信大方，站在陽光下歡笑，比晴天更加明媚，對於她的邀請，我欣然答應。

到了美容院，我與莊員分別進入不同房間，做普通療程，修眉、深層清潔、保濕，不一會兒就出來了，而莊員比我更早坐在會客室，與美容師聊天。她見我出來，便打招呼，說：「買年票好抵！我哋一齊join啦！」

「我只係想做一次體驗下……」

「咁不如半年？除咗美容，仲送溶脂同推淋巴，六千蚊包晒呢啲嘢，出面搵唔到呢個優惠㗎。」美容技師在旁補充。

「但係——」我不想做美容以外的東西。

「我哋一齊買啦，以後都可以一齊嚟做，早保養早享受。」莊員補充。

恍神之間，我想起中學更衣室裡，某個豐盈的女同學——三金——愛穿的內衣牌子，那時我無法負擔一件胸圍的價錢，竟從店舖落荒而逃，從此相信每個人的青春是不同形狀的胸部，用什麼來包裹、怎樣定義乳同樣重要。此刻，我有機會以金錢靠近憧憬的對象，哪怕只是一同做美容療程，都讓我感覺終於成為同類，就像能夠靠近那種明亮的人生。

於是我點頭，以大學信用卡碌下六千元，沒有現金回贈。

當然在走出美容院後，我為剛才毅然從錢包裡拿出信用卡後悔——它的額度才一萬元！我感覺整個身體縮得小小的，不斷被卡切割，美容院在分吃我的骨肉。

眼漸漸紅起來。我不是沒有遇過類似的事，偶然也會衝動買東西，但美容療程在今天之前，根本不佔人生任何一席位，不過忽然新鮮，來玩一玩，怎知無端端從學行路變成跑馬拉松，難免血脈賁張。下個月銀行便寄來帳單，要我以繳費靈從個人儲蓄帳戶償還六千元，就像在我身上挖了一個洞，然後說，這樣能促進身體健康。

最終還是自願簽卡，而且能和莊員一起來。我自我安慰道。

但莊員此後就常推說沒空，偶然應約一兩節，美容師替我揑揑肩膀、敷敷面膜，就說完成療程，出去面談間，又見莊員與職員談笑，然後對我說：「已經買咗半年，加多幾百又有新嘅優惠，好抵㗎！」

我堅持說不要，莊員怒瞪：「唔好咁孤寒啦，你以為慳嗰少少錢有咩用喎，成個人生咪又係窮。」

當下，莊員的五官像一塊敷完的面膜，在空中往下掉，模糊又黏連。我好像未曾認識她，或者是，在我眼中，富足美麗的女子並不會口出惡言。

終於我生氣，頭也不回地離去，而那句話在心上落地生根，札在最軟弱的部分，肆意吸取養分，長得茂密。

莊員好奇怪，有問題的是她。我又理智起來，過幾個月後，便聽見同學說：「莊員做美容傳銷，好彩我死都話冇帶錢咋，簽咗卡實心痛死我。」

所有被推銷的人也坦然：「我死窮撚嚟㗎，佢咪使旨意喺我身上賺到一分一毫。」

我也被問到有一陣子和莊員走得挺近，有沒有成為受害者，我只得牽了牽嘴角，學習他人不屑的語調，卻怎樣都不像。

大學畢業之後，我開始普普通通地工作，普普通通地生活，由學校，到辦公室，人生是不斷重複昨日。彼時我還不知道，欲望是無窮無盡的，且不一定要遞增，可以突然間感興趣，突然間萌生念頭，突然之間想要假裝擁有。

我看見同事在用名牌手袋，讓人移不開眼的「雙C」標誌、黑色菱格皮革設計，很漂亮，雖然不熟悉名牌，但突然間就重新審視同事：咦，原來佢都幾有錢。下一秒就在網上搜尋款式，八萬多，嘩。一個人要有多少儲蓄，才能買下一個接近萬元的手袋？同事還不是天天都用，只偶然帶上班，小小一個，裝不了什麼東西，無法經常使用吧，真不化算。

話是這樣說，但此後我的YouTube、Instagram就經常彈出影片及廣告，如手袋開箱、代購資訊，我忍不住點進去看，一條又一條，看到一些一萬多二萬的，竟開始覺得不貴了，甚至有點便宜。互聯網真好，拉近了貧富，就像是我親手把名牌開箱，翻看防塵袋，掛上繩子，深究五金配件上的品牌印刷，撫摸皮漆紋路，挽在身體上。一堆國際品牌，雖然看到商品也未能準確地分清牌子，但已留有印象，知道其價格不菲，在街上走路，也會格外留神他人的穿搭，勉強知道這是金球鏈、那是馬鞍包。

漸漸便生出一種優越感，好像離這些東西很近。

看得多以後，我就想擁有一個，但理智又說真的太貴，於是便搜尋「小資女 手袋」，認識了一個法國品牌Polène，什麼什麼劇集的女主角也有揹！款式和設計可愛，流動的、活潑的，很合心水，三千多而已——而已！比起那些要價五位數的簡直便宜至極。

但三千多元買一個袋子，對於我而言，還是太貴。

我也有幾個袋，多是白色單肩，或黑色斜孭，簡簡單單，粗用，落街買餸，讀書裝筆記；布質的破了洞，鐵造的扣都生了鏽，皮也被刮花了好幾處。當然不會小心對待，在街邊一百蚊三個買下的呢。

用得最多、最久的，姑且叫它做小花，白色單肩布袋，內有兩個小格，表面有一層花朵圖案的網紗，應是雛菊，還有一條順滑的拉鍊。高中三年和大學四年，一直背出街，裝水樽、雨傘、購下的衣服、平板電腦，通通放得下。雖然是白色，但我也沒有小心對待，任由其沾上吃麵彈出的辣椒油、地下的鞋印污跡、原子筆管漏出的墨，直到髒至忍無可忍，就丟到洗衣機。網紗的花朵也爆了線，可無論枯萎幾朵，還是一個花園。

普通，簡單，平淡，實用，堅強。

升大學之後，我就脫離屋邨——當然不是指社會階層提升，只是見到更加多人，有的念傳統名校，有的住七七半島，衣著低調卻有品味——總之，我就是這樣覺得。雖然一定有人像我一樣，但是我看不見，竟然嫌棄起自己的寒酸來，但又不知道怎樣改變。

直至我看見住海怡半島的同學，背著雜牌Tote Bag，才領悟，啊，落落大方才有氣質，我畏畏縮縮，怎麼讓人心生好感。

於是我就繼續用小花，而小花確實很符合我的審美。

小花才五十元。

廿幾歲的我，似乎忘記當日篤定氣質才是高貴的關鍵，不過依然捨不得以三千元買一個手袋，只是心癮一直存在。因此我常常胡亂搜尋，終於看見一個不足二百元的Polène手袋！照片是牌子宣傳廣告，評論是「好好用」、「好靚」、「做工細緻」，有的還附了圖，我仔細放大一看，嘩，和以往在YouTube看見的近乎一樣，更是我心儀的款式。

鬼使神差地，我下了單。

袋子在一星期後送到。細小的金屬上有品牌名字，灰白色荔枝牛皮美到不行，配牛仔褲或白長裙也適合。我緊張地不斷翻找，看看有沒有特別廉價的地方，下一秒又想，我都沒有接觸名牌的經驗，怎能分辨。

但真的和網上看見的一模一樣。我從擔心慢慢變成開心，馬上扣好帶子，背到身上去，為造型多加一份精緻，閃亮地點綴。

我不敢背到公司去，一來手袋容量比平日使用的少得多，不能裝下工作所需的東西，二來怕讓熟知各個品牌的同事仔細地打量，此後絕對抬不起頭。

自己出街，或與朋友聚會時會戴上，街上就算有人認出，亦是稀少，不會駐足停留辨別真假。

這是假貨。

很多人買假貨是不小心受騙，以為代購的商家必賣真貨，才貪便宜幾千元下單，最後他們必然傷心。但我不同，一早就知道這是假的，不然怎會便宜十幾倍？我知根究柢地買入，享受著三千多元的手袋外型。

無非因為虛榮。

直到與王同學逛街，一眼看出：「你買咗 Polène！白色好襯你。」

小橙逝世後，我們繼續保持聯繫，輾轉又讀同一間大學，主修的科目有些共通點，偶然也會外出見面，原來也頗投契。她背的手袋，我叫得出名堂，卻沒有研究。

我馬上焦灼起來：「哈哈，真係㗎？」

「代購？用咗幾多錢？」

「二千幾……」忍住尾音不洩露疑惑，我印象之中，原價是三千多——嗎？腦袋中最清晰的是，連同運費，一共花了港幣二百一十五元。

「嘩！好好啊，二千幾就買到，而且你揀得好好，呢個款真係好襯你。」我還打開袋子展示容量，王同學說：「我見佢其他款個開口都好細，攞嘢都難，呢個就啱啱好。」

「都裝到平時要帶嘅嘢。」我嘗試轉移話題：「你個袋仲好睇——」

她認真地看著我，說：「我好開心你對自己越嚟越好，終於捨得換咗啲爛嘅袋，孭上身，至少唔會唔舒服。」

我羞紅了臉。那天回家，馬上把袋子擦乾淨，申請退貨。

翌日上班，我還是背著小花，心中無比踏實。

窮人不能養貓

佢邊度窮啊？

感受是一種極不客觀的東西，形容詞本就沒有標準的意思，你眼中的快樂或許是一顆糖，我卻認為要升職加薪走上人生巔峰才滿意。

什麼是貧窮？絕對貧窮是「僅足生存」，恰巧能夠維持生命。香港政府在一九九七年之前，採用此理念定義貧窮，因此認為綜援能夠解決貧窮問題，起碼申領綜緩的人在衣食住行得到基本保障。至於相對貧窮，則多數被認為雖然收入能維持生存，但與其時社會經濟發展水平相比較，仍是處於較低的生活水準，反映了社會分配不平等。

我們家是相對貧窮，取過綜援，一堆補助，住在公屋，但要說過不下去嗎？又好像不是。自母親工作、父親復工，我們家的收入稍稍高於貧窮線，比很多人都要好。

還想怎樣，喂，呢度係香港。

無可否認，貧窮對於我的成長有不大不小的影響——

「周儁才！你係咪整趺過我部電腦啊？點解好似崩崩地？我好窮，冇錢換㗎！」

「邊有人搞過你部電腦。」

我受不了家姐常說自己窮，這是她的口頭禪，在什麼事之先也首先說「好窮啊」。

「你咁樣，所有財運都會被你趕走。」

「我咁窮，點會有財運。」

我和家姐關係不錯，可能是相差三四年，卡在重要的時間節點，如我幼稚園她就升小一，我初小她就考呈分試……所以她有時不當我是同齡人，愛擺一個大人款，滿足她小小的虛榮心，畢竟從小到大能掌控的太少了。我從善如流，總會裝作乖巧小弟追隨她。

小時候我們睡在同一張床，家姐當我聽不懂她的話，便像許願那般說些事，例如想到小賣部買撈麵，想便服日穿好一點，回味一口珍珠奶茶的味道，喃喃自語，極其誠懇。

家裡有親戚，父系那邊每逢新年也會吃飯，姑姐住在附有會所的大屋，我們會到她家裡拜年。表姐永遠有最新款的遊戲機，我們一起玩的是NDS。

通常是表姐在玩，然後我眼巴巴地看著，等了好久，表姐就會給我打一鋪，然後又拿回去。我知道遊戲機是她的，好羨慕，心裡忍不住想：你天天都有得玩耶，為什麼不可以多讓我幾分？

家姐這時就會插嘴，伸手：「我又要玩。」

表姐遞上，家姐拿著兩秒後，就說：「我都係想睇細佬你玩多啲。」

一來二去，我玩遊戲機的時間就會變長。

在父系親戚裡，我和家姐是最細個的，比起表姐還小上七、八年，因此每逢聚會，我也覺得和其他表姐表哥格格不入。在我記事之後，他們都已是大人模樣，談論會考、工作、結婚，而我還在為人家的遊戲機發愁。家姐也是，她最討厭親戚聚會了，常常抱怨明明她會堆起笑臉讓大家好過，但是親戚更喜歡來逗弄我。在大人的談笑間，我們只能吃飯，靜靜地看電視裡的綜藝節目，因為我們沒有話語權。

家姐幫我爭取多玩幾鋪遊戲機之後，她在我心中簡直就是英雄。不是所有英雄都有披風，也可以是穿著小裙子、戴眼鏡。

我問家姐：「點解表姐屋企大我哋咁多？」

「因為佢哋買大啲嘅屋。」家姐像聽見愚蠢的問題，皺了一下眉。

「咁點解我哋住咁迫？」

「因為你嘅好日子喺後頭，以後我哋就會住大屋。而家迫啲，係為咗之後珍惜。」

大概因為時常要分給我們玩，表姐放下了遊戲機。因此我就能一直玩，偶然，我也分給家姐玩幾鋪Cooking Mama，她划了兩下，便說：「以後嫁到個懶老公就可以日日煮飯，做咩要咁早玩。」然後又丟給我。

直至長大，我們和其他親戚也沒有共同話題。

表姐考上了牛津，姑媽患上癌症，表叔自殺身故，我們連聚會也減少。

除了到表姐家玩遊戲之外，我家也裝了一部電腦，在客廳，通常由父親用，我和家姐有時會用來上 eClass，玩星願小王子，玩摩爾莊園和奧拉星。

無論我們在做什麼，只要父親回家，就要馬上給他。

以前父親不抽煙，沒有尼古丁味，我還能夠輕鬆地和他聊天，但他抽煙之後，我對煙的抗拒讓我們的距離變遠。

有次我在奧拉星做任務，他一回家，便說他要用電腦。我目不轉睛地盯著電腦，差一點就能夠擊敗大魔王，他卻前來拍枱，我嚇得馬上坐起來，那一場對決我無法贏，但也沒有親眼目睹怎樣輸。

父親取過電腦之後就會煲劇。工傷稍癒後，他嘗試找工作，日夜奔波，多數我也會自動自覺地從電腦枱移出來，而原本坐在食飯枱的家姐就會移到摺枱，每一晚我們也經歷一次乾坤大挪移。可是這一天我卻感到委屈，因為我不是蓄意霸佔電腦，只是剛好在打鬼怪，他居然直接趕走我，彷彿我只是在租借電腦，夠鐘就要還，一切都不屬於我。

那一晚我很不高興，面色堪憂。家姐回家後看見，便問來龍去脈。

她就說：「你好慘，以後我一定要買遊戲機畀你玩。」

在很多年後，她說起我小時候沒有得玩遊戲時，竟然泛起淚光，帶著哭腔。在她提起前，我都快要忘記這件事，但一記起，就異常清晰。

我小六那年，學校辦聯校畢業典禮，那年剛巧是我們學校負責。老師選了我作致辭代表，另選兩位同學做英文及廣東話朗誦表演。很快，我就把稿子的四百字純熟地吞服，完全背好，後來多次在老師面前練習，也順順利利。我對畢業典禮有期待，從小到大，我都不是最好的那個學生，甚至最好那個小孩，所以我也想找些機會證明自己也能夠站在台上，被聚光燈照耀。

但副校長在看過我致辭後，說：「所有嘢都幾好……就係有啲太細粒。」

「H同學比較高大，膊頭都闊，夠壓台。」

「啲人喺台下咁遠，可能會睇唔到你喎。」

他還和負責老師說讓H同學試試，隔幾分鐘，H同學便站在我們面前，拿著致辭稿，徑自念了起來。

副校長拍手：「雖然唔係好熟份稿，但都幾有台風吖。」

我深深不忿，因為他極多懶音，頭音尾音不分，像突然含住一口濃痰，出出入入喉嚨。舌尖都無法裝載標準發音，就這麼一個人想取代我？這不公平，假如真覺得我不是合適人選，為何不在最初階段好好篩選，待我已經背熟稿子、對於畢業典禮有所期待，才說要作出更動？

負責老師替我講了幾句說話，不外乎是已敲定人選、H同學還須時練習，但副校長權力更高，所以之後幾天，H同學便和我一起練習。

他成績比我好一點，除了廣東話不夠純正，其實也沒什麼缺點，他長得高大，才小六就已經有一米六五，樣子也四正，戴幼框眼鏡，一臉書生氣質——

「你唔好再讚佢！咁對你好唔公平！」

家姐比我還生氣，一聽見這事，就表示這是不對的：「吓，早唔改遲唔改，喺你準備上台先嚟諗住換人，啫係撚鳩你！」

充滿「雷氣」——家姐教我潮語，長大後才發現她亂用。

翌日，家姐放學後就到了小學拜訪老師，先去教員室賣一番乖，談談念中學的壓力，討教中三選科的秘訣，最後不知怎的溜進來排練室，熱情地向負責老師和副校打招呼。幾年前副校長還是中文科主任，同時是家姐的班主任兼科任老師，家姐憑著好成績奪得其歡心，無關品行和興趣，只需考得好，證明到老師的教學能力。當時大部分老師也喜歡家姐。

她開宗明義：「我嚟睇細佬表現成點……始終到時台上面咁多人聽住，佢咬字一定要好清先得，廢事失禮成間學校，仲要係聯校活動。我會督促佢好好表現。」

接下來她又和副校長寒暄：「如果唔係當年你教得我好，打咗個咁實嘅基礎，而家都唔知點捱，同學仔個個勁勤力。」

下一句竟頗有撒嬌意味：「而家我先知係你揀咗細佬致辭，咁我都放心啲，因為你一定幫到佢。」

家姐有她圓滑的一面，但她自己不覺得，常形容自己是「毒撚」、「廢J」，也許是她甚少為了自己爭取些什麼，卻見不得人委屈。

H同學全程被人無視。

翌日再練習，只剩下我和練習朗誦的同學。

我和家姐說這事，她就說「哦，咁你表現好啲嘛」，然後就繼續滑電話。我知道這是家姐搞的鬼，也是她令我如願以償，不用再擔心被他人取代，但我感到不舒服。一個小六的男生，遇事還要家姐幫助，而且還如此順利，彷彿未曾成為她的苦惱，這使我有點不快。我也想長大，不願再被當成小孩，跟著大人後面。

畢業禮那天，我被抹上了面霜和 BB cream，站在台上，其實什麼都看不見。完結後，到尖沙咀碼頭見到大型充氣鴨子，我和家姐在那裡拍照，放下心頭大石，不過，等待升上中學的過程仍然很煎熬，因為我怕輸給家姐。

人們說，人生遇到的第一個敵人，通常不是外人，而是家人，因為他是最初的比較對象，兄弟姊妹之間的比較，在於短期成績的細節，功課做得好不好，才能是否相當；與父母的比較，則是審視未來會否活成這個模樣，有時必須抗衡基因的不精明，才可以避免日後重複父母的舊路。

我一直和家姐比較，或者她的存在，少不免讓我有壓力。

父母未對家姐有什麼期望，他們想像的是，只要家姐平安無事地長大，順利升班，找份能賺小錢的工作，嫁個好人，保障她的下半生，這樣就可以。換句話說，她不用對於學習或事業投放過多心力。

家姐卻像得到上天的任務，異常地努力。我們可以觀察到，那些不得不非常投入學業的人，離不開父母嚴格的督促或無情的羞辱。家姐的狀態，彷彿考不到甲等就會被父親虐打、被母親言語羞辱、斷糧絕水、趕出家門。從幼稚園開始就取學科獎，小學更不用說，她所有科目都考九十分以上，沒有例外，就算有些試卷難度甚高，班級平均分比平日低了不少，她仍然大差不差。

基本上，我見證了大部分她有份上台的頒獎禮。這些獎狀、獎盃在十幾年後回望，或者全都是廢物垃圾，但當時很衝擊到我，尤其是有些人會問：「呢個係你家姐？」

最初我會驕傲地承認，後來卻會下意識否認。

除了念書，她還參加不少課外活動，舞蹈組、廣播劇、唱詩班、畫畫班……多數校隊招募時，她都會報名，一分錢也不用付，就能參與很多活動，以及出席比賽。高年級時，笛隊、朗誦什麼的也招她進去。而我則不情願，只想每天放學回家玩電腦，或到街場打波。家姐幾乎每天放學後也會留校，回家後便一言不發，草草吃飯後，便開始看書——圖書館借的，她說這是她的休息時間，必須讓自己舒服了些再去做其他事。

那時家姐已經夜瞓。她考呈分試那時，老師說她的畫能拿九十分，不知怎的，她仍然修改畫作，通宵達旦。

我出來屙夜尿，叫她早點入睡，被回應：「唔得啊，我要攞高過九十分。」

小學放榜那年，她如願以償，獲派區內最頂尖的band 1中學。其實是哪一間也不緊要，只要有一個逼死人的環境，讓她永遠不要鬆懈就好，這是她的原話。

家姐的名字一直掛在優秀學生牆上，我每天在操場上早會，也會經過。

事實上，父親對我的要求更高。因為我是兒子，他寄望我能像個大男人一樣有腰骨有膊頭，承擔更多責任，得到更高的成就，將來要賺錢養家，最好做些得體的職業，能夠在家庭聚會上炫耀的那種。之前說到表姐入了牛津，他就說我也要入名校，就算不是外地那些劍橋哈佛，至少也要考進港大，最好是「神科」——小學時還不知道這是什麼，只知是一個美好崇高的目標。所以若然我考不到甲等，便會被責備。

父親對我的高要求，似乎傷害到家姐。

她說：「我哋同一個阿媽生㗎喎，點解對我要求低咁多？而家屋企會永遠養我咩？唔通我只需要好好結婚生仔，用另一個男人作為護蔭，咁樣過完我呢一生就為之完滿？」

如果，父親對我們二人要求一樣，我們便可以待在一起反抗他的霸道，家姐這樣說。可惜不是，她被放逐遠離戰場，無論她的成績多標青，父親看過一眼成績表，誇一句「唔錯」就完事，還常常不記得她念到幾年級，哪怕已經是快要升中學的關鍵時間。我不明白她為何那麼傷心，能夠無拘無束地長大，又有何不好？只是家人對她沒有什麼期望之後，她沒有放縱，反而對自己更苛刻，自從那一刻起，她中英數常全都考第一。

當然這也傷害到我，活在怪物家姐的陰影下，令我異常透不過氣來。父親的要求還算合理，小學課程尚為簡單，只要小心點就可以；但是勝過家姐，我沒有信心。

家姐很勤力，呈分試那會兒，很晚才睡覺，重重複複做工作紙。

但我不是，父親越逼我，我就越不想努力。而且家姐太辛苦了，我不想走她的後路。

「你天分高過我，畀少少力，以後人生輕鬆好多。」她的語氣竟難掩責備。

「但而家辛苦咗，之後都補唔返。」

在我無數次抱怨壓力山大時，家姐說：「你放鬆啲啦，阿爸咁睇重你，代表就算你唔使咁勤力，佢都會將有嘅嘢留畀你。我咁樣，係如果我唔畀心機讀書，就剩係可以搵個男人嫁，萬一遇人不淑，呢世就玩完。」

家姐同時是我的家教老師，偶然會幫忙看功課，解答我不懂的課題。

這使我更大壓力。對於家姐，我很感謝她自小就對我很好，她好像天生懂得怎樣為人長姊，作出一個好榜樣，未曾欺負我，哪怕是她體力完全碾壓我時，亦未曾與我爭吵和打架。可是，我永遠低她一頭，她在小學時遇到不懂的東西，誰來教她？反正不是我。天知道每次她在台上得獎和做司儀時，我的心情多麼複雜，就像看見自己的兒子越來越有出色，走進人群裡，而我已經漸漸老去，無法再傳授更深奧的知識——在我多年後告訴家姐這個比喻時，她皺眉，誰是你兒子了？我只能保證雖然有些比喻不當，但感受是類近的。

家姐升讀好的中學，代表我也要如此，不然就會被家人念到耳朵也起繭。

「你天分都幾好，平時懶懶閒，都同我考得差唔多。」

放榜時，我祈求讓我不幸地考到另一間學校吧！如此才能逃避在校園裡不斷被人問「佢係你家姐？」再用審視的目光掃射我全身。只是我還是考進了，家姐幫我看完派位卡後，馬上給我一個大大的擁抱。我以為會難過或驚怕，但原來也長舒一口氣——看來我做得到。我告訴自己，中學就可以放鬆點了，短期內也不用放榜。我討厭努力。

家姐請我食麥當勞，我很開心，平時除了學校飯盒和母親煮的菜外，我就沒吃過其他東西。一下子，家姐像長了許多歲。

我們有時在家，說起對於明日的嚮往，我說要買很好的遊戲機，收集很筆直的樹枝，住進有泳池的家，每日也可以食不同菜式。

而家姐說：「以後我想養一隻貓。」

「小橙走咗之後——」我打量一下她的反應：「阿媽就話唔畀養寵物，因為保證唔到好嘅生活。」

人類很奇怪，生兒育女的時候，只想著自己的意願，養育的成就感、玩弄可愛的臉作為娛樂、延續未了願，卻不會問一句，你們生活得好不好？如果沒有自己的房間，會不會因沒有私隱而羞恥？但照顧動物時，卻忽然能夠同理。家姐和我說過，小橙逝世後，她常看見自己握刀刺向小橙，一下又一下，直至小橙沒有呼吸。

我覺得自己也有份殺死小橙。

「所以係之後，我會自己養一隻貓。」家姐接話。

「你會搬出去住？」

「我冇可能一世住喺度嘛，都要大個，你第時都會結婚，如果冇買樓，老婆都會住入嚟！」

「我哋可以咁多人一齊住！」

「你唔想要多啲私人空間咩？而家屋企咁迫，你連打機都冇位。」

「我都慣。」我故作不在乎：「咁你都要有能力先養到貓，遲啲先搬出去啦！」

「嘻嘻。」她看著我，最後不作聲。

我想像不到家裡沒有家姐，就像我想像不到我們有天也要結婚生子，就像父母做的那些事。但如果我無法給予兒女一個獨立房間，保障其靜養的私人空間，我不會生育。

我升中後，家姐已經中四，我在學校通訊上不常見她的名字，偶然才能在學科或比賽上發現。她不再考全級第一。

「呢度啲人仲痴線過我，佢哋又有天分又勤力，而且仲有錢啲，可以去補名師。」

我說：「咁我實死硬，會唔會留班喋？」

「冇事嘅，中一嗰啲我仲識得幫你補。而且，你係懶啫。」

家姐說得對，這間學校的人都是「痴線」的，名號甚響，多數人認同這是鄰近幾區中最好的中學，但無人知道這裡的學生常常見社工，有的長久缺課，早失去蹤影，多數同學小息時連廁所也不去，我見個個都坐在課室不動，也不敢起身，結果幾個月後確診膀胱炎。這是常態，人人都身子弱，易被細菌病毒侵襲。

學校以全英語教授，剛升讀時，不知為何個個回答問題時也說得極流利，彷彿學習的不是同一種語言。我僅能勉強聽懂老師在說什麼，似把所有精力都用來集中精神，沒有空餘接收新訊息，轉化為內涵。

明明我畢業自地區裡最好的小學，卻嚴重落後於人。

乾脆頹廢起來，常常欠交功課，上課不專心，在桌子上畫畫。反正我們家有家姐努力，我便放鬆些，考試前夕仍躲在廁所裡看《倚天屠龍記》——我問心無愧。

結果考得不好，第二年就進了「差生班」——這是我自己改的名字，學校設有精英班，但普通班的師資和資源沒那麼好，似乎被學校放棄。

「喂，你做咩咁懶散。老竇要你入港大㗎，將來要孭起頭家，唔衰得。」家姐惱怒。

「你嚟啦。」

「冇人需要我咁做。而且，你有天分過我，唔係死背爛記，你咁hea都有頭五十，仲想點。」家姐補充：「普通班啲老師其實仲急，佢哋想谷返啲成績，等你哋入到精英班。

我不以為然。考高分、入大學這些事，我覺得好煩。

精英班的人要維持地位，普通班的人想要沖擊名次，兜兜轉轉還是沒人能輕鬆，大概到終老那刻還會念念有詞：「當年英文卷扣多兩分所以below average……」

家姐不再是我的陰影，她沒以前恐怖，變得正常很多。

小學時那個常往家裡擺放獎狀的人消失了，不再考第一。曾經引以為傲的主科都令她焦頭爛額。小學時數學拿滿分都是常事，只需小心點就好，但中學後她會為Factorization、Heron's formula、Permutation and combination叫苦連天，總是無法在限時內做好題目。以往拿九十分還要皺眉，逐處質問自己為何連弱智答案也解不出，現在能得七十分已是萬幸，總算沒有毀掉辛勞。家姐總是說，別太大壓力了，該要接受自己不是天之驕子。

我沒有太過難受，如果你有一個常受老師和頒獎台關注的兄弟姊妹，應該也會明白後來很多比較即使殘忍，但永不及小時候接觸到的那樣衝擊，況且這份衝擊陪伴我十年有餘。即使新同學應該比家姐更加「變態」，在我眼裡只不過是在被怪獸啃食多次後，又再遇上另一隻怪獸。我一早體無完膚。

這樣說來，我對於家姐進不到精英班這事有點婉惜，像從小到大每時每刻也在廟裡上香或教會崇拜，但某天看見神的真身，原來只是脆弱的肉體，多少無奈。

只是信仰還是會在。

我和同學相處得很好，因為我並不是他們的敵人，也不至於讓他們太看不起我，還是能一起吃飯、打波，做些放鬆減壓活動。

青春不免悸動，我喜歡班上的一個女生，香。她的頭髮烏黑，差不多及腰，毫不毛躁，每每經過，都散發淡淡的爽身粉味道，她的笑容比陽光還明艷，卻溫暖得恰巧，不至於刺眼，聲音柔柔的，聽著便忍不住點頭如搗蒜，讓人答應她所有請求。那是暗戀，總不敢大聲和她表達心聲，只能在座位後方默默注視她的任何表情，和別的男生說話時，我也會吃無謂的醋。因為她說喜歡上進、有目標、成績好的男生，所以我才發奮。

中三時我和香一同進了精英班。

沒有人知道我的心意。

直至秋季旅行，香加入了我們組，一同燒烤，這才和她多聊幾句，在此之前，我的好感大概只出於印象，但從此之後則不是。她愛逗我：「點解你咁易面紅？好搞笑。」也不知她覺得滑稽抑或可愛，但後來我們一起放學。

趁著不必補課的日子，我和香會流連學校附近的商場，當時格仔舖興行，香也常常去看，飾物、化妝品、公仔……但只會拍照，從不購物。我們最終會把錢花在飲食上，輕省地掃一掃街。大概是文化入骨，我常想請客，總比她早一步付錢予店員，香笑我傻：「我哋應該AA㗎！」然而我愛逞強，她就會事後把一堆散紙塞入我書包。

真矛盾，我一方面想證明自己有擔當，一方面又很感激她的體貼。

隔個周末，就看見她戴了一對耳釘回校，閃亮亮的，女同學們說是Pandora。我對這牌子的印象就是坐落在名貴商場的——高消費、樓底高、必然在金舖附近，所以理所當然地認為這是名牌。

「你對耳環好靚。」

「嘻！係呢。之前同你行街，睇到心郁郁，尋日同媽咪一齊買咗。」

「原來你咁有錢。」我後悔自己這樣說。

「都唔係好貴……」

「但肯定唔平，都係大牌子。」我後悔自己這樣說。

「Pandora唔係大牌子啦，開始過氣㗎喇，啲嘢越嚟越平，周圍都係。」

「對於一個中學生嚟講都唔惹少。」我後悔自己這樣說。

香的臉隱隱約約地顫抖了兩下，然後笑著說：「咁媽咪錫我！」

她沒有因此疏遠我，我們如常上課、吃飯、一起放學，只是我每當回想起那段對話，便無地自容。之後，更留意她住在哪裡，想像她的背包、鞋子購自何處。

同學之間，其實有更富裕的，甚至住另一區的私樓，但他們對我而言，更深的印象是「會念書的瘋子」，他們富有，帶我一起出去吃飯，毫不害羞地說，我沒有任何不快，還覺得有他們做朋友真好，能減輕我的開支。

偏偏，香是我想照顧的人。

我一直感覺自己喜歡香，為她的一顰一笑著緊也著迷，但使我確認的是自卑，強烈的、深深地。或許自卑的本質是渴求，我渴求著她擁有的東西，或希望成為那種能給予她一切的人，因此心酸，我與這願景極其遙遠。而這並非我一時三刻打份工就能夠做到，她的家人可源源不絕地提供她想要的，不費吹灰之力就購下幾百元的耳環，可能幾星期就會丟掉，而我為冷麵加價兩蚊而不悅，趕緊計算怎樣調整支出。她或認為這是尋常消費，而我則未曾看見家姐有什麼飾物——

咦，那一晚回家，我看到家姐戴了手鏈。

「吓，好耐啦。」家姐白了我一眼。

「喺邊度買？」

「商場賣銀嘅間舖，之前我M記兼職賺返嚟，有血有汗有淚。」她調整一下手鏈：「做咩？你溝女？」

我沉默半晌，問：「其實女仔幾耐換一次飾物最開心？」

「睇係咩品牌囉，同戴得舒唔舒服啩。我估我買到勁靚嘅都唔會換嘅。」

「咁呢個呢？」我展示相片。

「你溝女！不過啲人話Pandora已經唔係咩大牌子，幾百蚊有找。你哋男人唔識㗎喇。」她故作老練。

「我同佢好似唔係同一個世界嘅人……平時一齊行街，佢又冇點買嘢，以為消費觀嗰啲都一樣，點知發現佢唔係，或者話我一直唔知出面係點，覺得同佢好遠。」

「咁你未返工，未開始賺錢，所有嘢你都覺得貴㗎啦，遲啲讀完書就唔同。」她開始翻找物品。

「如果同我一齊，仲慘過單身。好似委屈佢，始終無論佢有冇拍拖，屋企人都會錫佢。」

「你咁講，啲有錢女剩係可以嫁有錢仔啦。」

「所以啲人咪話竹門對竹門，啲古董嘢唔係冇道理。」

「封建！傳統！難得遇到個咁鍾意嘅人，佢又肯同你行街嗰啲，唔好因為呢啲嘢錯過人啦。」

最後家姐拿出八百元給我，說是怕我不夠錢吃飯。

這一年，家姐快要考DSE，她自嘲選修了「垃圾科」——念不到書的人才選的！生物、歷史、文學，好像很輕鬆，她說反正不可能做到最好，差不多、差不多就可以。

雖然這樣說，她仍然在考試前夕挑燈夜讀。

她有做些外快，具體是什麼，我不知道，她也不說，但頗自在，我便沒有深究。有時她會將媽媽給的零用錢全都給我。

當時似乎很流行自製相簿和回憶錄，香在升讀中四時，送了一本黑色的小畫簿給我，裡面畫了許多公仔，貼上貼紙，用五顏六色的畫筆寫上句句生活軼事，可是我讀起來，都是同一意思：我喜歡你。

由於我們只有一兩張自拍照，因此只在最後一頁貼上兩張3R的印刷相，下方有一行字：你想和我建立更多回憶嗎？

我馬上點頭，捉住她的手，這是我的本能，不帶猶豫。無論有怎樣的憂慮，都捨不得眼前這個人離我而去。

當晚，我就開始計劃未來，將來要辦怎樣的婚禮，搬到哪裡住、小孩子取什麼名字……如果香的父母反對我們交往、認為我無法給她幸福，我應該怎樣做……滿臉愁容，但收到香的短訊後，我又開心得埋首在枕頭下，幸福就是整副身體都變得軟綿綿，此刻是天長地久。

香是可人兒。從前我比較親密的女性只有母親與家姐，雖然也暗戀過女同學，但到分別那刻還只敢凝望其背影，因此香擁有我的大部分第一次。

家姐說，愛會讓人自卑，因此對於那些吸引自身的東西，總感覺可望而不可即。

我覺得除此之外，愛更讓人捨不得，捨不得她失望傷心，捨不得捉不緊她的手，捨不得漫漫生命道路上沒有她。

中六那年，我們近乎天天黏在一起溫習，我說我要考入什麼什麼科，香卻含糊以對，明明之前說要在同一間大學念書，一起看山水、吃飯堂——我對未來最具體的願望，就是如此。

考完公開試之後，我傳訊息給香，沒有回覆。我結合她那段時間奇怪的舉動，猜測她愛上了別人。

好奇怪，雖然心碎，卻竟有一種釋然的感覺，她配得起更加好的人。

像她這樣的女孩，真的會有人不心動嗎？我如此疑問，她舉手投足間也散發著吸引力，總有人比我勇敢，不願意錯過她。

有時我會夢見她嫁給另一個人，像大雄哀求多啦A夢給他看靜香的未來老公，我都期望在婚禮上站在她旁的是我，卻只能等到大合照時才可在「中學同學」大合照同框留影，看向新郎，暗暗慶幸對方有所成就。這樣最好，不然我會搶新娘。

夢總在我們對視後結束。

差不多隔了半個月，我收到香的短訊，她說抱歉，這一段時間也在迴避我，因為她將要舉家移民到加拿大，未來也不會與我一同升學。起初，我舒一口氣，至少沒有牽上另一個男生的手，愛上另一顆靈魂。可是，我們即將分隔兩地，這樣更可怕，我再不能在平常的香港街道碰見她，那些我們走過的地方，無論獨自多去幾次，也不會再重遇熟悉的身影。她會與廣東話越來越遠，忘記燒賣和雲吞麵，不能再為同一個文化下的隱晦話語發笑。以前我看《摩登家庭》時，雖然極之喜愛劇情，但無法聽懂裡面提及的喜劇明星和地名，不免孤單，總是和另一個地方有點距離。

我將永遠失去她。

「之前我唔知道點樣同你講，所以唔敢搵你……我鍾意你，但係都明白 long d 好難令人接受，如果你唔想再同我一齊，我都明白。」

「你要去加拿大讀書？以後仲會唔會返嚟？」

「我係移民……唔排除有機會返嚟香港，但應該好渺茫。反而好想你一齊走，我想同你去一個新地方生活。」

「點解唔係你留低？」

「香港咁亂，呢個係一個冇未來嘅地方。經濟越嚟越差，越嚟越多大陸人落嚟，我哋只會見住香港變得陌生。」

「所以我哋就要去一個完全陌生嘅地方？」

「總好過親眼目睹熟悉嘅越嚟越陌生。我哋只能改變自己。」

「我唔知。我想同你繼續一齊，但之前冇諗過留喺香港以外嘅可能性。」

我的英文不好。

我喜歡香港多元的菜式。

我喜歡廣東話。

我喜歡略帶冷漠卻不失溫暖的文化。

但我也喜歡她。

「我哋繼續一齊，以後再算，好冇？」

於是在她上飛機的前一陣子，我幾乎每天也與她見面，不斷和她拍照，去遍離島、博物館、山嶺、屋邨小店，像要把所有情侶會去的地方都逛遍。

香的父母自然認識我，聽說我們要遠距離戀愛後，反應淡然，只說「好啊加油喔」，彷彿只是鼓勵我們光顧貓咖啡廳刺激香港消費。我感覺到他們的冷靜背後，蘊藏的是「反正不能持久」的無所謂，他們只需在我們感情疏離時，給香一個安慰的擁抱。

香的父母其實從未讓我難堪。香算是活在愛裡的女孩，除了父母要求嚴格讓她稍為想要以戀愛叛逆一次外，其餘時候，他們都無所不談。這兩位家長允許我們一齊玩，甚至到她家吃飯，只是偶然會提及香那後來升讀名校的小學同學，或是以醫科為志願的青梅竹馬，故作自然地問起我的家庭，在我回答後竭力忍住皺眉的衝動，然後說「最緊要你自己上進」。除了香之外，我們沒有共同話題，日常生活、興趣、玩樂，通通答不上嘴。當時我還對香發誓，要讓叔叔姨姨覺得我一點都不遜色於他人。

在送機的時候，我像把整個青春都送別了。

我也升上大學了，參加迎新營、上莊、兼職，這些被稱為大學生要做的事，我都嘗試一遍。

遠距離戀愛的好處是就算忙碌也沒關係，我不用抽出時間去見面，耗費一整個下午至夜晚，只需要視訊通話、傳傳簡訊，假裝她還未遠離。我不知道未來我能去哪裡，即使離開香港，也絕不會是短期之內。拋下考上的大學、多費三年就能取得的學位，隻身飛往千里外的陌生地方，只為了與女友團聚，我做不到。我可以住在哪裡呢？我應該報考新的大學，還是找一份超市的工作？我與加拿大的聯繫只有一個人，萬一我與香爭吵、分手，是不是就要灰頭土臉地回家呢？

這讓我感覺，比起無法相見，對未來的不確定才是折磨。如果光是等待，捱過一點寂寞，這或仍能接受；然而不知道何時是盡頭，何處才心安，則迷茫得很。

朋友說，或者是不夠愛，如果真的非常熱愛，將願意拋下一切，成就一段美意。

我反問，為什麼不是她拋下一切與我共聚？

朋友譏笑，看，你計算，就是不夠愛了。

許多個夜晚，我都在想這問題，有點內疚、自責，然後又有些憤怒、不忿；「不夠愛意」這個罪名於我太重了——在香面前自卑的我，常常說服自己，我愛她比生命更甚，亦比那些嘴上說喜歡她的人更真誠，所以，才敢緊緊捉住她的手。可是，面對現實的問題，我卻無法自證情感的濃度。

那段時間，我的情緒變得麻木，每日也在嘗試快樂起來，但通常到中午便放棄了。聽到他人笑，我就跟著，他們說話的聲音常常忽遠忽近，我根本聽不清內容。我失眠，日頭感覺暈眩。

香傳給我的短訊，竟令我恐懼，每一聲也在叩問我的心和勇氣，而我越是沒有動力回覆，越像證實我沒有想像中那樣喜歡她。

我的親人在香港。我的童年在香港。我的貧窮和自卑在香港生長，移植到別的地方，我的根會在途中爛掉，整個人也枯萎。

在我貧乏的認知當中，學習是為了改變命運，這是我唯一一個擺脫過往生活的機會——看，要不是考進大學，怎能以便宜房租暫住宿舍、搬離家？而我好不容易走了十八年，這是過往人生唯一建立過的東西，若然重新開始，實屬困難，我只有這條路，不可以輕率做選擇。

香可以選擇留港、遷居加拿大，如果她想，也可以多付錢考幾個英國學位，退一萬步說，假如畢業後想四出流浪，父母會養她，讓她無後顧之憂地開啟新的道路。

我被自己的想法嚇到，若然別人聽見，應該會認為我輕視他人的努力，如此陰暗。但我真正想表達的是，我所擁有的東西，不容許我胡亂作選擇。補讀碩士才能「學位轉移」，我在此之前的生命應怎過？尚有身體不適的母親、莫名期待我有能力的父親——他們常說，以後我要回報其養育之恩，我感謝他們至少待我不錯，因此於情於理，也想照顧他們多點。他們住慣香港，常常罵外國這裡那裡不好，英文程度也只有「YES、NO、OK」，我無法帶他們走。

香能夠移民到外地，因為那裡已有她需要的一切，舉家移民，重新投資生意，有大把大把的時間慢慢想清楚。

很顯然，日子一天一天過去，我變得惡毒，怨天尤人，嫉妒也鄙視香。

每天的視訊無法再令我快樂，只覺得壓力很大——反正和她也沒未來，為何還要虛耗下去？她會認為我沒用，然後在心裡想早知在香港時就和我分手嗎？每次收線前說的「愛你」，漸漸洩漏懷疑的語氣，最後乾脆忽略。

這段關係，竟然走到「捱」的地步，數算時日的流逝，毫無倒數重逢的喜悅。

最後，我回覆大學同學的頻率，比回覆香的還要高，與她的聊天紀錄荒涼，萬物不能憑「早安晚安」生長，想要吸收營養，茁壯成長，還要以更深沉的愛護來灌溉呢。

香察覺到我的不妥，於是說我不愛她了，不如分手。

我鬆一口氣——像她突然失蹤那樣，這是我下意識的反應。

「同你一齊，我睇唔到未來，唔通以後都係咁？你冇辦法為咗我講一聲離開香港，我哋唔能夠計劃任何嘢。」

「你可唔可以都企喺我角度諗？移民係突然通知我，你全家喺嗰度，有人支持同陪伴，如果我移民，我有咩？」

「你唔願意有任何改變，只係貪圖安穩，唔想令我哋有個機會去建立更好嘅未來，我都係想要更好嘅生活，你明唔明？」

「我哋？你有同我傾過咩？你通知我咋。」

「我哋分啦手，以後都唔使為呢個問題難過。我唔使等你過嚟，你唔使驚要抌低喺香港嘅一切。」

我沒有說話。

我們就這樣了。

與香分手之後的大半年，我不斷逃課，大學二年級第一學期，我的GPA甚至不過2，感性使我不想接觸外界任何人，理智叫我保持良好成績，畢業後可憑此應徵比較有名的報館，我不介意收入高低，一生就這樣過下去。或許我本來就是這樣的人，在未認識香之前，我也懶懶散散；小學之所以努力溫書，不過以家姐為目標。

在我頹廢地追巴士、回校考試時，都會回想香的話，也許我就是安於現況、不願改變，沒有追求。

小時候我在學校養過一隻龜——那其實是生養於校園後花園水池的巴西龜，適逢常識科有份「動物觀察日記」，讓我們連續一個月寫下所選動物的生活情況。有的同學養狗、貓、蜥蜴、倉鼠，而我沒有，因此就在家以外的地方尋，最後我選了烏龜。

巴西龜健康，龜甲沒有潰爛，喂食後便會排便，水會變髒，但因為是學校養在池塘的，我沒有換水。小息在十點十五分，我會下樓引導牠去曬太陽，把牠放在太陽與樹蔭之間。

龜龜怕生，似乎是天生。我平常不會打擾龜龜，通常讓龜龜安靜地待著，遠遠地看牠，在水中放了食物後，我就會假裝不經意地離開，然後在後方守候，紀錄和描寫牠進食的樣子。半個月後，牠在我面前也會張開口了，許是已經習慣我的氣味——或步姿？每天，我都會寫些關於龜的事，如心情、食欲慾、健康狀況，幾乎每天都一樣，後來我唯有憑藉改變字詞的排列順序來顯得更有趣。

有同學質疑我的用心：「根本一模一樣！你就係想偷懶所以先揀烏龜！」

好吧，我無法否認其方便，至少不如貓狗那麼大動靜，但我能夠找到的「每日觀察動物」，其實也只有校園裡的烏龜！家中不能養寵物，又無法天天看到同一隻流浪貓狗或到動物園去。但我必須否認，這也沒有多懶惰，我有餵食、帶牠曬太陽，陪牠度過一整個小休。

一模一樣的東西，取得高分才困難，我無法具體地捕捉變化，或是憑空創造，必須更加用心地記錄，才能補足更多細節。

窮人不能養貓

最初，我渴望住宿，是苦於沒有私人空間。

可惜，大學一年級時疫情仍未得到控制，加上我的家離大學不遠，不夠宿分，無法住宿。

在家裡，我沒有表達過任何需要空間的訴求，大概是說了也沒有用，難道要父母去多間一間房間嗎？或者是，安裝加厚的窗簾，隔絕客廳和床？

和家姐不同，雖然我也住過劏房，但因年紀太小而忘記得七七八八。她常說上了公屋已好些，至少不用行樓梯，衛生也好點，走廊不會無故缺了一個洞，讓小朋友輕易掉下去，所以，她似乎認為在家的日子沒有那麼難受。

我們家只有一間房，能放一張雙人床，父母睡的，因父親鼻鼾過大，所以需要關上門；客廳也有一張碌架床，我在上層，家姐在下層。

客廳也沒有多大，無論在做什麼，只要會發出聲音，就表露無遺。

事實上，父母感情生變之後，常常吵架，我們在客廳裡也一清二楚，薄薄的一道房門，完全無法隔擋沖擊的不睦。他們爭吵的內容往往簡單，可是聽深入點，又覺得有所隱喻，好像不止是說一場晚飯、一隻襪、一次上廁所。

我和家姐都不夠膽調停衝突，她會在下層踢夾層，我會說：「做咩？」

「佢哋嘈完未，我想瞓覺。」

「同我講做咩，又唔係我叫佢哋感情咁差。」

「完全留意唔到佢哋發生咩事添，突然間咁。」

「可能唔係突然。好似啲人自殺咁，旁人都係話做咩好地地就死咗，但顯然唔係好哋哋，只係忍唔住。」

母親也「搬」了出來睡，和家姐擠在單人床上，我依然睡在她們上層。

我那樣慶幸小學時的自己，已有獨到眼光，挑選了上層，大概因為似乎能夠保存更多的私隱，如果他人想要查看我在做什麼，至少也要攀上樓梯，發出聲響，提醒我要趕快收拾收拾。

媽媽與她睡同一張床後，家姐便買了一張床單，在天花板安裝了滑輪後，床單就可以在上面拉開，隔擋床和客廳的其他空間，好像更有房間的感覺。無掩無遮，很沒有安全感。

我想更具體的原因是，她不想母親躺在床上盯著她的一舉一動，即使母親只是睜著眼睛發呆，她也不自在。何況人總受附近的人影響，若見到床上人呼呼大睡，大概就算原本在專心閱讀，也會在幾分鐘後打瞌睡。

我也喜歡這樣改動，就像擁有了一個更私密的空間。

即使仍能聽見聲音、感應光暗，但至少具體的行為、動作變得更有距離，看不見的，只能由想像補給，只要懶惰，我們各自各就有私隱。

母親愛說夢話，不是一句兩句，通常能維持一兩分鐘，像要說完整的故事，偏偏她會說家鄉話，我聽不懂內容，卻會被吵醒。偶然才有一兩句廣東話：「唔要呢度！」也許在潛意識之中，最令她安心的還是家鄉。讓人離鄉別井地生活，放棄過往建立過的所有，真是殘忍。我想留在香港，媽媽因來到香港感到痛苦，背後是一樣的道理。

我很容易再次入睡，但家姐不是，本就淺眠，常聽見她用力地翻身，作為抗議，卻又不敢太大動作，以免打擾媽媽睡覺。

臨近應考公開試，凌晨時分，家姐還在溫習，她睡不著，而書桌上的小枱燈過分昏暗，讓她老是分神，於是客廳的燈長開。雖然她說自己沒有天分，不是讀書材料，無謂浪費時間，但還是不能沒有選擇權，仍然要考到能夠揀選心儀科目的成績。然後我也睡不著了，只好看小說。幸好媽媽睡在下層，有夾板稍稍擋光，不然她睡不好，翌日工作無精打采。

我下床，斟暖水給家姐：「盡力就好，你都冇以前咁痴線。」

「但唔可以考得差，如果只可以揀乞食科，我呢世就玩完。唔通要一直住喺呢度？我接受唔到。」

假如家庭和睦，我想，有些磨難或者可以用愛抵消、抗衡，然而父母日夜吵架，在狹小的單位裡避無可避，每日迎頭碰觸，只會日復日加深一種印象：這個地方不能養出和諧的家，人也會病起來。

現世代，男生在小學時已接觸性文化，我得益於沒有智能電話，到了中學才開始自慰。第一次時感覺美妙，因此一發不可收拾，通常在廁所，偶然做到一半，廁所門敲了起來，我整個身體也往核心縮一縮，彷彿在做壞事，剛巧被抓包了。

我想，我只是想要一個屬於自己的空間。

安裝了「床單門」之後，好了一些，我在床上的一舉一動，都不擔心有人偷窺，不論是高興或失落，也能在被窩之中藏得嚴嚴實實。

疫情最嚴峻那年，我要留在家上網課，打開鏡頭，看到別人多數坐在自己的房間：背景是乾淨的門，或者一櫃子的模型或玩偶，他們多數不會用模糊背景的功能。而我，每次打開鏡頭前，必須確認整理好背景，以免同學看見我家剝落的牆身，以及一堆雜物。和家姐一同留在家上網課的日子更加糟糕，我們努力地找一個位置，讓彼此也能展露不那麼寒酸的面貌。有些同學的房間有部用絨布蓋著的鋼琴、一整牆的畫布或海報、寬闊的床頭櫃。

他們都有得體的空間，願意清晰展示出來。

當時我仍然和香談戀愛，不過只能通過視訊看見她的臉，在狹窄的電話螢幕之中，她的房間顯得十分突出，牆身是溫暖的天藍色，角落有張單人床，上面放了一隻公仔。她在英國的家，比起香港的還要寬闊明亮。

這些年來，我去過不少人的家，朋友的、同學的、親戚的，那些與我同齡的小孩，多少也有些珍愛之物，譬如公仔、模型，若果喜歡一套卡通，多數會收集其周邊產品。

傑是我的好友，他是獨生子，不富有，和我同樣住公屋。但他有獨立房間，自己的書桌、衣櫃、床，不需要與人分享，書桌上有兩個書櫃，他把其中一個放滿寵物小精靈的模型，睡著的比卡超、戴黑超的車厘龜、在樹下生火的小火龍……關上透明的櫃門，模型精神煥發，整齊又乾淨。他的母親會定期打掃，確保模型不沾塵。

小時候，我由衷地說：「好想住你間屋。」

哪怕只是躺在櫃子裡，如果模型有生命，是否也會感恩能夠被人小心翼翼地呵護？或許它們會憐憫我的，每日成長一點兒，越來越靠近牆上的壁癌，身體要蜷縮起來。

我不買模型，家姐也不買公仔。

櫃桶已放了大量書簿，空餘的又讓父母放了照片——我們兩個都沒有索要多一點空間，安放最基本的書本，大概是由小到大都沒擁有過，便認為不必要。這個想法，最初由家姐提出，漸漸我也這樣想，就像好多思維也跟隨家姐，因為可以談心的人不多，或是沒有人讓我感到有親切的參考價值。

狹窄的家不需要裝飾品，窮人的空間沒有錦上添花這回事。

傑的房間裡，有一塊小小的白板掛牆，他會往上放置在不同國家買下的磁石，丹麥是最快樂的國家，他指住介紹，所以一定要買來留念。他也會痴上小紙條，譬如是喜歡的人留給他的「幫我買支奶？」光明正大地躺在房間的右側，只要進入，就能看見。

我沒有位置擺放東西，除了床和書包。這似乎已是我擁有的全部物品。所以，我的書包裝滿家當，這輩子收過的聖誕卡也在裡面，香寫給我的小紙條，則讓我藏在原子筆裡頭。

物理上的空間，我只有這麼多。

以往我也以為還有很多的，譬如我也會像家姐那樣，將寫字的紙張隨便放在書桌上，但媽媽會查看，然後甩甩咳咳地念出來——她幾乎看過我的所有信件，同學寫給我的聖誕卡，若然畫了一個心型，她也會拿起來問我：「邊個嚟？你要專心讀書！」日記更是不能避免，到了某天，她就會鬼拍後尾枕地揶揄我：「去人哋屋企囉你咁開心。」即使我換上有鎖頭的本子也無濟於事，她會到文具店買相同牌子的本子，再用其鎖匙打開我的日記本。

母親理直氣壯：「我只係關心你！你咩都唔同我講，驚你學壞。」

她對家姐倒是沒有那麼強烈的控制欲，對此，還偷偷對我說：「因為我緊張你多啲啊，家姐自己搞得掂啦。」

目前短暫的一生裡，我和母親吵過最兇的一場架，是她翻看我的電話。被查看電話短訊、圖片的感覺好憋屈，哪怕沒有作奸犯科，甚至小心翼翼地沒有提及任何家庭的事，仍然覺得自己犯了罪，等待審判，我永遠不知道哪些內容會讓她抓狂——回過神來，我驚覺我才是那個需要抓狂的人，長年累月被侵犯私隱的人是我！

「我生你出嚟，你食我嘅住我嘅，有咩唔睇得啊？咁巴閉！」

母親以前不是這樣的。以前，她與父親住在一間房時，「正常」得多，就像電視劇裡那些噓寒問暖、有點嘮叨卻仍然可愛的母親；可是，她就慢慢變成這樣。

「你點樣知我密碼？點解可以肆意碌我電話啲嘢，你唔尊重我，都唔尊重我啲朋友！」

「你設密碼係防外人㗎！唔係防屋企人，我睇有咩問題？又唔會傷害你！」

「你已經傷害緊我。」

誰三唔識七會煞費苦心打開我的電話？如此行事的，只是處心積慮的敵人，以及以愛之名控制我的親人，我設置密碼，確實是為了提防母親隨便翻查電話裡的資料。

母親推了我一下，下手不重。此時家姐回來，分開我們兩個，說些圓場話，叫我們雙方也不要做出傷害對方的事。

但母親不是差勁的母親。

她愛說一切都是為了我好，這話不假，畢竟她無實際得益，不能因此變得富有、美麗、幸福，還會因此遭到我的敵視。我們吵架之後，她又願意端上一碗湯，有一搭沒一搭地和我說話，姿態輕軟，表示歉意。一想到她為這頭家付出了很多，我就無法再做不孝子。

在我眼裡，她之所以會成為控制狂，或事事操心、長氣，就是因為她管事。如果她像父親那樣凡事不理，也可以心境平靜，在我們面前做一個寬容的大人，自然能給予我們許多、許多的空間。

我跟家姐三番四次地覆述時，她都愛理不理：「我寧願佢都 check 我，點解佢唔擔心我識到壞人？或者 send 裸照畀人、賣底褲啊嗰啲。」

那時我覺得她腦子有病，而且還漠視我這受害人的感受，後來，又嘗試分析她語氣中的失落。

嘩，努力理解他人的因果，以此紓解自身感受，也是我在成長中學習到的，不然，難受的也是自己。

我們家最窮的並不是經濟，而是能夠健康成長的環境。

大學二年級，疫情逐漸受到控制，我馬上申請宿舍。以前我頗節儉，很少花「鉅款」，一下子付幾千元住宿卻沒有令我心痛，因為住宿換來的自由更重要。大概如此，人才要賺錢吧。

得益於此，和香分手那段時間的頹廢，才沒有被母親看到——我也未曾正式和她講過自己在拍拖。同時，因上莊和讀書，我的生理時鐘混亂，幸好住在宿舍，才能放心地夜歸或睡至日上三竿，基本上不會被人打擾。

我走了許多堂。

以前我效法她一樣盡力考試，就為了未來得到保障。但真的有必要嗎？如果我努力學習，是為了豐富內涵，而非賺錢，我只需要找一份能夠養活自己的工作就好。就算不能以一級榮譽的成績畢業，我也能找到工作吧。

我爛了一些grade。

或者是，即使我上了Dean's List，也不會發達，只能腳踏實地做工薪階層。如此，我又何必那麼努力。

我只想好好享受大學時光，這是無法追回的青春。

哪怕常以獨處實現。

室友叫山，他常常都不在宿舍，租住宿舍的目的只是有時遇上八半堂，能夠更準時到達而已。

我問：「你畀咗錢都唔成日返嚟，好嘥。」

「女朋友book咗酒店房，我唔去，仲嘥。」

他住在港島，擁有不止一幢物業，有的正在放租，他確實不需要住在樸素的男宿舍，與人共用廚房、廁所、洗衣房。以他的話說，只是想擁有多一個地方而已，不必有什麼實際用途。我感恩他以「大富翁」心態住宿，如此一來，我就能霸佔整間房。

幾本書、一套廚具、髮蠟、衣物、洗衣珠……物品不多，所以顯得空間很大，我很高興，或許就算堆滿雜物，我也會慶幸至少能夠鎖上一道門，畢竟已是一塊實體的木板。

不過宿舍的房間不隔音，常聽見別人帶外人來飲酒、打麻將、性交，我當成白噪音聽，我知道他們會走，而我不需要出場處理任何事情。所以，在宿舍住的那些日子，我都睡得很好。

家姐在我住宿之後，就回家住了。

我笑她戀家，住宿這麼寫意，為何還要回來，難道一直以來也覬覦我的上格床嗎？在我走以後，她和母親一人一張床，不至於那麼擠迫。

「你見唔見到你話住 hall 嗰陣，阿媽個樣幾咁唔捨得，然後佢話，屋企冇晒細路，佢好孤單。我前前後後住咗兩三年，咩都體驗過，返屋企都唔緊要。」

「你都有自己世界，喺屋企住，你都唔舒服。」

「我做唔到唔理，阿媽都好慘，佢嘅世界就得返我哋。」

家姐貧血。自小，她身上也會常備糖果，當時還很溫柔可親的母親，定時定候也會往書包裡塞糖果，如果家姐犯暈了，就懂得怎樣紓緩一下。高中的某一天，她在學校裡不適，翻找書包，發現糖都變得黏稠，早在悶熱的季節裡融化，但她還是打開糖紙，吃了下去。無論糖變成怎樣，她永遠記得這份甜味能夠救命，能夠讓她撐下去。也是那天，她重新買了糖果，放入書包。我聽了她這樣說，又買了幾包糖果，讓她溫習時也吃。

「你嘅人生唔應該畀人綁架。」

「佢生我養我，令到我自願做呢件事。屋企多個人，起碼有多啲人氣。而且佢咁著緊你，你出去住，佢就無從得知你過成點。我留喺屋企，起碼可以講啲嘢令佢安心。」

家人有什麼都找家姐做。父母不睦，彼此責備詰難，都向家姐講，所有表格皆由她填，被要求成為榜樣，這樣才乖女。

或者這也是她需要的，貧乏的善。

「OK……你都住咗兩三年，輪到我享受！」

「Have fun，希望你遇到好 roommate，我 year 1 嗰個勁污糟邋遢，成日都唔沖涼……」

住宿之後，我在假日也會回家吃飯。

少待在家，不必提心吊膽隨時被翻找個人物品，不必應付父母偶然激烈的爭吵，竟讓我想念起蜷曲在床上的日子。和它保持距離之後，反而看見它美好的一面——譬如有時也溫馨，住家飯比大學飯堂的外賣出色多了，還要免費。

母親見我甚少回家，也對我關切，語調中毫無壓迫之意，只有善心，大概是時間有限，只能從表象開始了解，更加私隱的未有時間發掘。

測驗、考試、上莊；辦學會，替人補習，偶然送外賣，不會辛苦。

「你都瘦了。」每次母親也這樣說，然後塞一點錢給我，要我買些健康的食物。

她買生果，煲湯。周末才這麼多好餸。父親竟也能坐下來同枱食飯，看我幾眼，沒有多問什麼，只叫我「唔夠錢使就返嚟攞」。家姐在旁點頭。

家姐的樣子沒有快樂起來，所以，我提醒自己這幾年要把家當作旅館，不會多留，只是偶然的休息。

母親有次說，其實我們兩姊弟，她都一樣疼愛，只是我小時候讀書壓力大一點，容易著魔，也更會鑽牛角尖，所以她才想注意我多點；而家姐，常看起來游刃有餘，不知為何輕輕鬆鬆中學畢業了，所以母親才相對安心點——她的記憶僅停留在我小學階段，而且與事實偏離。可能母親常向家姐傾訴心事，潛意識中，家姐似可以承受一切，學業、成績、升學似乎更不足為懼。

我和家姐對視一眼，無論如何，我們都接受母親這個說法。

好像沒人記得，家姐才是那個常年被學校掛在最佳學生牆的人，只是後來變得「佛系」一點而已。但母親也沒有說錯，我小時候因為家姐的存在而相對神經兮兮。

家姐沒有取得佳績——我曾以為她會像小學一樣，把所有人拋離，自己一個擠身校報、禮堂壁報、學校網頁，但她沒有，考了一個「普普通通」的成績。我竟不忿起來，希望代替她完成壯舉，於是專心念書，在每次校內考試拼盡全力。

我拿了好成績，卻沒有選神科。

可能是因為以前用了很多力氣，之後我就不想如此生活。好疲累，也沒有意義。

家姐罵我吊兒郎當，不夠擔當，竟選讀新聞及傳播學系：「Fresh grad 出嚟搵萬三蚊？做十年都唔知翻唔翻到 double。」我根本不理解她對記者的偏見。

人在香港，雖然窮，但不會死。

「你都揀咗做護士，你會有錢㗎啦，我窮有咩所謂？」

「點解你可以咁講？我就係估到你有可能求其揀，我先唔敢博！一個屋企總要有人承擔多啲，你唔做呢個角色，責任就落到我身上！」

「有咩唔敢博啊。唔好講到係為咗屋企，你賺多咗錢，自己都生活得好啲㗎！責任責任，阿爸有叫你背負咩？」

「你冇負到責啊，我知你一直唔想揀神科——」

「我唔想計呢啲啊——」

「屋企好窮！我揀咗做護士，你先可以無後顧之憂搵啲乞食工咋！」

我沒有應答她。通常第二日便不當一回事。她會說各人有各人的人生，不應被其他事物束縛，應該是想讓我放心。道理她好像都懂，但她做不到。

「咁樣就叫心窮囉。」有時，她會自嘲。

而類似的爭執，再次發生在家姐看見我大學二年級成績表時，有幾個「B-」、一個「C+」，沒有任何一個「A」。她怒吼：「你揀乞食科都可以GPA得二點幾？之後畢業可以搵咩工？」

「各人有各人嘅人生——」我模仿她之前的語調。

「各你個頭！」

然後又重複過往有過的對話。她好像有太多太多的怨怒，而我無法用人生安撫。

上大學之後，家姐就沒有取過零用錢，父親問她要不要，她搖搖頭，轉身便向我嘀咕：「咩要唔要？真係想畀，就直接塞畀我，問嚟做咩？我答要就好似使屋企錢咁，我答唔要——佢就真係唔畀。」

「喺呢啲位倔強，盞辛苦自己。」

「佢有鬼錢咩，儲儲埋埋得嗰少少，我要咗都唔好意思。算啦，佢留返畀自己用好過。」

後來我發現父親還有另一個銀行帳戶，持續買股票，光算餘額也有六十多萬，我心「咯噔」了一下。

父親說，留給你們讀書。

但我們已經入大學了啊，借政府的，未來要還債。

留給你們結婚買樓——主要是你，家姐第時嫁人，不用家裡的錢。

然後我認清，這是他的棺材本。

我沒有將這事告訴家姐，她把積蓄拿來付大學第一學期學費和買電腦。看見銀行存款歸於三數位，便持續炒散，嘴上嚷嚷，沒有辦法啊，家裡沒錢，我也長大成年，要自己識諗。你以為我們家像別人有閒錢嗎？我們很拮据的。

在她的認知裡，我們家就是不折不扣的草根階層，還取過綜援，仙都唔仙，從小到大也為了幾分錢壓抑欲望。不貪心是她的善舉，規訓成美德，能夠讓整個家也幸福一點。這個認知成為她節儉、不索取的行為邏輯，彷彿她慳儉，就能造福父母。

當然，存款有六十幾萬在今日香港不多，但如果能夠多用一點，也許家姐便不會產生「拮据」的印象，然後謹守某些像教條的東西，苛待自己的天性。

總之，我沒有告訴家姐。

乘機，我也偷看了母親的紅簿仔，倒是沒有多少錢。但有天，她主動對我說把錢都藏在鞋櫃了，四十萬現金。我知道她一直有工作，現金出糧，但我以為只是幫補一下家計，不至於能夠成為存款。

「政府會查到，費時冇得住公屋！同埋我都唔想你阿爸知道。」

看來母親不知父親有另一個銀行帳戶。

「但擺屋企，現金會貶值，錢會越嚟越少。而且萬一火燭呢？」

「久唔久，我就會寄返家鄉，對鄉下嚟講都好多錢。」

母親不是很明白貶值的概念，但以前申領過綜援，確實不適合存錢到銀行帳戶，之後便成為習慣，難以撼動，所以我也沒再糾纏。

可能因為知道父母另有存款，我才越活越散漫，覺得為了他們而限制自己的路向，應該不值得。

總之，我也沒有告訴家姐。

不、不，後來有一晚我在宿舍裡睡不著覺，想像如果父母突然告訴她，其實家裡有閒錢，可以供她上大學，不用借政府，以後不用獨自償還，她會怎樣反應呢？她應該會擺擺手，裝出深謀遠慮的樣子，表示家裡有多點流動資金也好，萬一有意外怎麼辦呢？我們沒有人買保險。而且借政府錢又可以慢慢還，沒有壓力的。她應該不好意思花家裡的錢，不知何故。

她常呻自己窮，只是抱怨一下，不是為了讓家人給她錢。

「我永遠都覺得自己唔夠錢用。」

「你搵幾萬蚊一個月喋喎。」

家姐並不窮，至少計算收入，她賺四萬幾一個月。

截至二〇二四年，香港收入中位數是20,500元，而家姐今年廿七歲，廿五至三十四歲的香港收入中位數是二萬二，她的月薪遠超香港大部分人入息。而四萬幾的月薪，能夠讓她負擔到更加奢侈的生活模式，例如化妝品買大牌，偶然乘坐Uber，買個幾千元的手袋——我能想像的平民級奢侈，大概就是如此。

「咁都係窮。唔知，無論銀行戶口個數點加都好，我都一直覺得自己唔夠錢用，未必係真嘅，但我就一直形住形住。」

「你係個心窮，而唔係唔夠錢使。你仲要買煙畀阿爸。」

家姐討厭人食煙，常調侃「煙鏟死全家」，我們應該「冚家鏟」。但是，她竟然會替父親買煙仔，不像以前般叫他戒掉。

「我想佢開開心心過埋段人生。」

「就算真係食煙，咁佢自己買咪得，關你咩事。」

「我哋全家都好疏遠，其實佢每日返十二個鐘工，真係好辛苦，始終有幫手養家，但係又冇人關心。買啲煙仔畀佢，當係令佢感覺屋企冇咁冷清。」

「講真，佢都好少關心你，好公平。」

「其實佢都有關心我哋，只係冇阿媽做得咁明顯。」她頓了頓：「如果每個月一千幾百，可以令佢開心啲，其實好抵玩吖。」

在我大學畢業之後，又搬回家中住，這時，家姐說想要搬出去住了，因為家裡重新有我這個孩子，父母相對地安心。

「你想搬去邊頭住？」

「未必會遠，都想近公司。」她頓了頓：「有朋友住緊工廈，市區嘅，平平地，包廁所同埋兩扇窗，我一個人住都好夠。」

「吓，犯法㗎喎。」

「吓，咩都犯法㗎啦。你冇衝過紅燈咩？冇試過地鐵食嘢咩？冇試過——」她止住，然後說：「我都係想住喺一個平平地嘅地方，過獨立嘅生活。」

「你住村屋嘅話，幾千蚊都有一房兩廳，市區貴啲嘅話，一人單位都有萬零蚊埋單……都只係佔你收入四份之一，平時又唔點用錢，每個月仲儲到成萬蚊，冇必要咁慳。」

「唔抵吖嘛。一個人住一萬蚊嘅地方，不如我住工廈，儲起另外嗰幾千蚊。」

「錢你又帶唔走。」

「萬一以後有病痛呢？或者出咩事，起碼有筆錢幫補下。」

「萬一你聽日就死咗呢？臨死之前都屈喺工廈裡面。」

似是為了說服我，其實住工廈也很好啊，她便連續傳了幾個中介網給我，展示有些工廈也裝修成住宅，裝修華麗，幾重密碼進入，乾淨整潔，諸如此類。

一年後，她還是租住了工廈。

好日子

周時英常常覺得自己很窮。

但真要說很窮麼？倒也不是，平日有返兼職，畢業後就找一份全職做，比上不足，但與廿來歲的人比也不算最壞。

她常在嘴上說「窮窮窮」，多提幾次，好像不可能真的變得富有。

弟弟周儁才不滿：「你咁樣係自證預言，所謂吸引力法則，其實就係你覺得自己係點，就會變成點嘅人、遇到點嘅事。」

她說：「如果一個窮人諗住錢，就會變有錢，世界會大亂。」

那麼，如果轉個說法，她不是貧窮，只是不敢放肆。一件幾十蚊的衣服左諗右諗，節儉是美德，始終要穿好幾年，不可隨意購入。

從精神健康護理學畢業，朝九晚六全職，偶然輪夜班，也在周末補習，多圖一份收入。每月交租數千元家用，繳交醫藥費，肩負學貸。計算下來，儲蓄竟然不多，還大言不慚地夢想出國念碩士。

時時限制使費，午餐不加凍飲，從不搭的士，堅決不加一蚊膠袋，哪怕手肘已盛不住物品。

這只是不敢放肆嗎？

對於自己的人生，時英有清晰的規劃，也不會輕易冒險。

中學時期，她已清楚，以自己的家境、不和諧的家庭關係、不健康的家庭成員，其實是無法任性的，疾病、死亡從不是一個人的事。她不可以一股腦子熱就跑去流浪，不可以愛上什麼就把所有傾注，不可以忽然拋棄穩定的職業發展。如是作繭自縛，自是從善如流。

她願意照顧家人，這並非必然，但她無法放下不理。

人人都說，一個獨立個體可以活出自己想要的人生，她經過晦氣的詰難，最終卻確定：無法捨棄那些有份構成她這個人的一切。

所謂循規蹈矩，也是她追逐自由的一部分。

誠然，她不喜歡念書。小學的課程好簡單，早早透露的勤奮使她常取佳績，順利升讀區內名校。其他小學的頭幾名也齊聚這間中學，她漸見頹勢，認清自己未如他人有天分，只不過提早預知努力的重要——她嘗試過延續被稱頌為聰明女孩的時期，卻只能落在中上游，於是，但求無功無過，在成績表上拿到幾粒星就好——曾經，她逼自己做狀元，但完全不行，狀元是滿分係幾多就考幾多，而她是只能考咁多——舒懷得快，她知道自己沒有那種天賦，不可能每人都得償所願，如此世界會大亂，她詰難過為何無法如此聰慧。不過算吧，人生就是這樣。

她就覺得自己好差勁。

最後還是順利入讀她高中就選填好的A1，精神健康護理學，沒有猶豫，這是她老早結合興趣、能力、職業規劃的選擇。還有別的可能嗎？她想過念哲學、創作、文化，然後認清，她不可能。

畢業之後，她沒有馬上找工作，而是渴望休息一會兒。日子一眼望到頭，或許以後不會無緣無故裸辭，所以只接了一些補習做，其他時間就休息。

「你快啲安定落嚟，畀家用屋企。玩玩下都唔會長久。」家人說。

她忍不住駁嘴：「我以後要做三四十年嘢！點解要急呢？真係乜都講錢咩？」咽下來一些話：「讀大學嗰陣，我自己一人應付開支，冇攞零用錢，學費都問政府借。你哋返工嘅錢有可能全部用晒做家庭開支咩？偷偷哋收埋，都唔打算留畀我。」

總之，她遞了履歷表，平穩工作。這樣很好，無論她在上班時遇上怎樣的麻煩，都說服自己：為了生活。尤是偉大。

走到今天，她沒有後悔。

這些能用理智決定的東西，她從來不敢讓自己後悔。

畢業後，時英任職精神科護士，不過沒有在醫院工作，而是選擇在非牟利機構做社區服務。起薪點和加薪幅度跟從醫院管理局，不會因為剛畢業而被壓幾千蚊，每年無論工作表現如何，也一樣跟point跳。所以，她就不想留在醫院，而是嘗試在社區裡做精神健康服務，就像希望母親能夠得到更多支援。

公司離家不遠，但又沒有近到隔籬左右就是服務使用者，地點簡直無可挑剔，連回家也快。

第一年工作時，颱風於夏末侵襲，天文台懸掛八號風球，幾個鐘後又落波，掛回三號風球，她要復工。往日，她會走半小時路上班，今天也不例外。

行到一半，雨遮便反了，盛了好多雨，徒增負擔。風搖又擺，她也跟著腳步浮浮。她想去乘巴士，卻又不甘心已走過一半路程，上車等同放棄，於是她就行下去，安慰自己，反正也濕了。為什麼總不懂靈活變通呢，又為什麼，不完完全全愚昧無知呢，她反思，在家與公司的中心點。

世界上所有的風聲雨聲車聲人聲都向她襲來，臉上和身體一樣被吵鬧沾濕，她開始數算這些年自己所節儉的，虧待的，苛求的。

在UNIQLO，她曾放下一件標價「$199」的褲子，想等待特價，後來一直沒打折扣，她就未曾擁有闊身牛仔褲。她不敢和人說，以往只會買七十元以下的衣服。

手部皮膚敏感，搽舊時買下卻不記得具體功用的藥膏，結果越來越癢，抓出血，至今仍留下疤痕，顯眼地嘲笑她的不精明。

那支不到幾小時就會脫妝暗沉的粉底液，她堅持用了一整年，某次社交場合偶然照鏡，看見自己的臉斑駁得很。不斷在網上瀏覽名牌粉底液，看到麻木，還是沒有買，說服自己：物理防曬更通透。

有次約人交收傢俬，如果郵寄，運費要上幾百元。她計算過來回乘車只需二十五元，因此就前去地鐵站取，卻發現竟走不動路。勉強回到家，腰酸膊痛，第二朝起來，上臂也抬不起。

這些全部都不是必要開支。但她為何如此拘束自己呢，佯裝苦行僧，觀乎月入是不夠貧，只有苦在心中。

走到公司，渾身濕透，她隨便抹了抹頭髮，就開始工作。

此後，她大病一場，高燒不退，頭暈身熨，最終為了請病假去看醫生，取了三日藥。以往無論怎樣傷風感冒，她也只隨便吃點撲熱息痛當治病。

因此病假期間，她心痛極了，竟然失守讓診所賺了錢。四百元，是為了不乘小巴而改選走半小時路的距離，一百次，遙遠得令她無法暢想另一種生活方式。這些年來故意壓抑的凍飲、運費、加大套餐，如同反彈的欲望一次過向她湧來，就像一直以來堅持的一切，其實毫無意義。

她用外賣應用程式叫了快餐，加大，額外升級了特飲。

吃飽之後服藥，睡意讓她瞌眼，想醒也醒不來。

不過這次發燒，也有好處，讓她發覺原來上班之後，看醫生的話便能夠報銷保險——不過上限三百元，如果花費了一千八百元看私家精神科，最後也只能報銷三百元——如果夠膽出示精神科紀錄予人事部的話。

當時英無知地向同事展示這一發現時，身邊人驚覺：「吓，你冇買保險㗎咩？」

「冇啊……諗住冇咩需要。」

「萬一有咩事，你 claim 保險就可以慳好多錢嗰。」

她笑著點頭：「咁又係嘅。」

但其實她在想，在厄運來臨之前，她首先要每月大概投入一千元，危疾、意外都來一遍。萬一她一生平順、平安大吉，那可怎麼辦呢？這當然是好事，卻實在讓人痛心。

以備不時之需，所以才珍貴。她吟沉，我的命如此值錢嗎？

這讓她記起，大學時，有個同學念到三年級，毅然退學投身保險業，社交媒體的風格完全轉變，不乏勵志語錄、心靈雞湯，強調要為自己的人生打算。這位同學和她完全沒有交情，所以她也不了解對方的心路歷程，直至有一晚，對方傳訊息過來：「你有冇買開保險啊？」

她如實說沒有。對方便開始推銷，你出來工作之後三萬一個月，每月用幾百元至一千元買保險，仍然濕濕碎，最緊要保障自己。

見她已讀不回，便繼續說，**難道你不愛自己嗎？**萬一真有三長兩短，起碼得到一些保障。

最後她還是沒有回覆，忘了當時在想什麼，當然有好奇過，為何同學放棄念了三年的學位，但想想香港女性預期平均壽命是八十八歲，區區幾年實屬短短光陰，只是沒有一份安穩的保障，付出過的努力也無法追討。可是為什麼轉為投身保險呢？聽人說假若做得好，能賺得多，大概是比她穩定的薪酬更吸引。但僅屬好奇，卻沒有驅使她購下幾份保險。

後來回想，便覺得自己狹隘。光是儲錢，好不容易户口多兩個零，萬一突發病急入住深切治療部，每晚也要一萬五起跳，如果有保險，倒是能夠報銷一部分，在危難面前不至於手束無策。

到了大學之後，她才突然對「保險」有概念，像憑空長出什麼，然後在心中燙出一個洞，但只像熱水放到空氣裡，煙一直冒，過了一會兒，一切都消失。

中學的時候，沒人談論這事，大概因為當時還小，一切重要的文件也不由她經手。

而且，她以往也極少看醫生，家人亦同樣。她若發燒，便會貼退熱貼、沖個熱水涼，睡死過去。竟還在心裡嘲諷那些密密求醫的人嬌貴又浪費錢，現在想起，便驚覺也許他們買了保險，或者，不會諱疾忌醫。

時英告訴男友，他沒有什麼大反應，只是說：「我都係前排先開始買……所以冇話唔知道嘅話就係無知嘅。」

工作之後，她交了男友W，他在同一間機構任職，專做公眾教育。W在認識她之前，分別在中學和大學談過一次戀愛，無疾而終，起初，二人的交集不多，直至一起辦活動，發現他很細心，在事前會顧好所有細節。之後，他常到她的位置聊天，或是拿些零食過來分享，一起午餐，似是順理成章地談起地下情。戀愛之後，反而減少在辦公室聊天的時間。

他們也會吵架，和普通情侶一樣，但最後W就會說：「食咗嘢先，反正我哋唔會分開。」多數多聊一會兒就和好。

同行的朋友知道W的職位後，多數面有難色，猶豫再三，還是說認為他的薪金太低，至少比她低一大截，而且沒有什麼晉升空間。他的工作忙碌，但因為大學時所念的科目沒有附上專業資格，在非牟利機構的海鮮價，起薪點只得一萬五千元。最初，她以為起碼高個兩千元，這才了解到求職市場多少有點殘酷。

她啞言，說：「但我冇鍾意到其他人啊，我剩係鍾意佢。」

其實也坦誠。

W的背景與她類同。二人一樣出身貧寒，差別只在家庭成員的選擇。她家從劏房到公屋都在取綜援，後來父母皆有工作，不合資格申領綜援；而W的家人則表示即使要在街上撿垃圾、回收紙皮，也不想申請任何補貼。至今，兩老雖已年邁，仍然努力工作，二人加起來大概一萬蚊一個月，連長者生活津貼也不申請。

貧窮的時候，受到社會補助，也合理，這是社會福利存在的意義。

她支持W的父母申領長者生活津貼：「你父母做咗咁耐嘢，一直都貢獻緊社會，攞返啲社會資源好合理吖。」

「佢哋就係唔想，我都想佢哋每個月有啲錢幫補下。」

她感覺到與W的共通之處，譬如他們時常忘記，自己已經是受薪工作的大人，平日還是省食省住，有時連凍飲也慳，寧願行路也不想搭車。

不過，工作日久，看著銀行户口的數字漸漸增長，她便不再對自己那樣苛刻，明白即使省掉幾蚊車錢，其實也不會對於整體有什麼影響，倒不如對自己好點。

不，省掉一點、一點其實能夠積少成多，但是，她卻心知這個「多」無論如何也還是「少」，譬如不會因為每月多儲五百，就能負擔得起醫藥費，改變人生，救人於水深火熱之中。沒有這回事，有的只是心理作用，安慰自己不忘本。

這個城市的青年，就算儲到再多的錢，其實又有什麼可做呢？

用幾百萬買樓，然後眼睜睜看著樓價下降——多數人安慰自己購買自住，而不是為了拋售，但她還是無法想像幾十萬一夜蒸發的痛心。租樓可以租一輩子嗎？她這樣疑問，如果只是自住，又能免去許多物業管理的問題。他人又道，這是在替業主還房貸，真愚蠢，可是，反正也是要把錢花出去的，只是形式的分別吧。

或是創業，先用幾十萬作啟動基金，租舖位、物資費、人力資源……但市道如此，今天開張，明天結業，絕非新奇事，心機時間金錢付諸東流，買回一個經驗，或者教訓。不是沒有成功的人，但比例太低，所以創業是一種賭博，且看老虎機會否搖出「777」，得到幸運大獎，殘酷在守業也難。

娛樂、環遊世界、吃喝玩樂，這些在小時候聽起來最不切實際、流離浪蕩的事，竟然讓她找到一絲安全感。至少，看過的風景，嚥下的食物，歡欣喜樂，都是真切的。遊人在異國不想歸家，全因體驗新奇，讓人誤會留在他鄉便得新生。

都花出去，留不低，捉不住。

儲錢這件事，或努力工作賺錢這件事，因此曾令她覺得沒有任何意義。

談戀愛之後才扭轉她的想法，一個人怎麼能用得完所有的錢？和W一起約會，除了荷爾蒙作祟之外，還讓她感到花錢能換來實際的快樂。一起行街、看戲、吃飯，她的花費則比一個人生活來得多，獨自外出時，她可能吃點快餐，四五十元解決，娛樂甚少，了無生氣，更不會在路上看見什麼可愛的東西，便忽發奇想，買給他人——即使會買給朋友，但也不至於是電子產品那樣昂貴。

她和W行AA制，通常你一餐我一餐，或是你請睇戲、我請食飯。即使有時他請那餐是譚仔，她請回牛大人，二人也不會煞有介事地提出什麼異議，相信日子綿長，沒有人吃虧。

這種公平遭到朋友的質疑：如此帳目分明，其實是她吃虧，然後列出一大堆潛在風險：意外懷孕、性別文化、身體機能……這些都是你付出多點！如是，應要在平日補償一點！

但這些東西也不能用錢彌補啊。

真是神奇。窮了那麼多年，一直為此自卑，也催眠過自己無數次家境毫不重要，從來涵養更重要，或許這種想法太自大了？但是，她還是能夠坦然地回應朋友：「我不介意啊。」

「如果佢第時出軌咁點算？你就浪費咗幾年青春喺佢身上。女人時間寶貴啲，社會文化興講籮底橙、賣剩蔗，如果想生小朋友，又唔可以太遲，冇幾多時間可以冒險。」

「咁呢啲都係風險……但如果覺得佢咁壞，或者有咁多嘢擔心，未必可以開始展開一段關係。」

「你已經展開咗，所以就喺個過程裡面，計返啲數保護自己，唔好蝕畀人。」

「咁樣拍拖，有咩謂。」

「費事有咩事嘅話，你渣都無得剩。」

她已經計算了許多、許多日子，過早地失去童真，頗為早慧，清楚需要脫離擠迫殘舊的居住環境，所以就算不情不願，也努力考高分，小學升中學，中學升大學，彷彿一早知道要什麼。不幸地，這些東西多數不是腦子一熱就決定好，而是多少經過思慮，反覆掙扎取捨。

就像，縱然她曾很真切地愛過J，但當時還是無法放下戒心。其實她不圖他什麼，只是無法自洽，才日夜焦慮，數算自己差勁的部分。

原來這樣活著，過分沉悶，太多事都是提早計劃，成數甚高，多多少少有種篤定。以前和P的戀愛也是，心裡總有預感，他們是走不到將來了。也許是這樣，她才無法全程投入。

一直以來，她都渴望天上能夠降下一個人，打破那些功利的規律，讓她捨棄從小到大的緊張，單純地探索愛情的美好。

愛是跨越，她這樣相信。跨越她骨子裡的多疑、盲目、功利，無視身體中、基因中、血肉中的軟弱和怯懦，大方坦蕩地奉獻與接收。

這才是愛。

和W的戀愛，恰巧讓她有這種感覺，於是說服自己，別再像以前一樣憂慮，存有諸多懷疑，只要誠心，便可攜手跨過困難。

和他在一起的時候，她終於能夠愛上自己的某些部分，那些被她討厭的特質，當他也擁有時，竟能映出幾分可愛，然後憐惜。

譬如，他明明更喜歡吃牛肉，有時卻會因豬肉餐更便宜，而選擇了後者。點單時的猶豫不因花心，只是在腦中情不自禁地響起「差了十元！」的聲音。這些是旁人無法明白的，她卻能從他的眼睛反覆在同一頁餐牌停留而捕捉到。

譬如，他也常肯定自己的努力，有時會帶著幾分逞強和窘困，急切地強調，以自己的家境，本無法有這麼多的見識，卻能夠向銀行借貸去了半年工作假期，走訪歐洲勝地，如今回想，仍能翻出電話相簿懷念異國故舊，像炫耀小時候的玩具。說完之後，發現如今處身做著的工作，難掩失落。

譬如，他逛街總愛繞運動舖，盯著一對渴望已久的跑鞋，拿起，放下，默不作聲。目光隨便亂晃，多走幾個圈，牽著她又出去。她知道只要那對球鞋一直未降價，這樣的過程便會繼續重複。

這些那些日常，細碎，平淡，真實的細節，多年來也反覆出現於她的人生，卻未曾有人令她共鳴，或是走不到進一步了解對方的地步。她靠近他，看見他的窘態，沉入他的期望，了解他的成長，心柔軟起來，只想親密地撫摸髮絲。

然後從他的眼睛裡，讀到一個手足無措的女孩，除了功利算計，還有敏感脆弱，但沒有人擁抱過她，包括她自己。

因為覺得他可愛，所以，她也慢慢愛上自己。

二人雖然有不同的性格，但類似的家境，還是能夠令他們產生共鳴。她相信比起那些遙遠的男人，他更能夠與她心靈感應——就像是同一種人。這一種共鳴，讓人忽爾對虛無縹緲的愛有信心，這次戀愛是豐盈愉悅的，我們能夠走到更遠更廣的未來！反正我們會有以後，就別在現在防備對方。

「唔會嘅，如果真係，當買個教訓。」她深思。

朋友比她還焦灼：「咁個教訓就好貴啦，人生有幾多個廿四歲，你綻放得最靚就係呢幾年！過咗就冇……」

這個教訓確實昂貴，但不在於金錢或時間，物質生活尤可追，香港人長壽得可怕；而是對於愛情的憧憬，相信世上真的有一個人，能夠磨合到永遠。垂垂老矣時，仍能靠在長椅上看日落。

而愛心和信任卻是免費的，真諷刺，也真慶幸。

W的出現，讓她內心有陽光初昇，過不久便照遍所有坑坑窪窪，但她不再覺得醜陋，只不過是一種痕跡而已，如同皺紋，不過是微笑和生活經驗的呈現，到底只是人的一部分。她開始理解自己。

她想，無論以後，他還是否在身邊，他為她帶來過的光芒與安撫，也是真實存在過，不會消失。她依然願意繼續理解自己，心生寬容。

不過，問題隨之而來。

時英漸漸感覺到W對現實的打擊疲憊，更多的是不甘不願。

二人在同一間公司工作，沒有明確的職位高低，但是大家都潛意識認為她的職級比他高，只因學位附有牌照，以及薪金高出一倍。但他的工作量很多，全公司的外出活動、公眾教育宣傳都與他相關，常常跑來跑去。

原來這麼多年規行矩步，努力不行差踏錯，選擇自己所喜歡的科系，以為無論如何也可有美好的人生，卻反而讓他覺得生命下賤，萬幾銀能買起他所有的學識，讓人每周五天朝九晚六，超時工作也無補水。

你好叻仔啊，一個人使錢也夠用，總有晉升的時候。

和你在一起前，我沒有那麼大壓力的！我們明明來自差不多的背景，連DSE分數都一模一樣。可是只因和我選了不一樣的東西，每月收入就高我一倍，一年下來，就差不多多我廿萬。

那又有什麼所謂。我們之間真正的選擇是，我選了你，你選了我，我們可以在一起，為彼此樂其樂、憂其憂。

多數是臨睡前傾電話時，他就會這樣沉吟一通，沉默作結，她就嘻嘻哈哈地打圓場，告訴他，自己欣賞他的所有選擇。

時英覺得W有點像弟弟儁才，明明拿著好成績，偏偏選了就業市場較窄的學科，以及相對低薪的職業。她打開WhatsApp，查看對話紀錄，發現自己不久前才揶揄過弟弟以後「揸兜」。

首先傳送可愛的貓咪貼圖，她再輸入文字：「你近排點啊？」

「咪又係咁。」弟弟秒回。

「唔夠錢使你搵我。」她想，你們怎樣選都沒關係，我已經選擇了。

怎知弟弟說：「你留返自己使，返工咁辛苦。」

翌晨起來，回公司，W就放了一份早餐在她的桌上，像沒事發生。

她忽然醒悟，原來他無法愛上他的選擇，因為在現實社會之中，他的熱愛就是不被重視，長期以來不受肯定，便讓人懷疑這不是正常的道路。

你又何必與人比較？她知道，不能這樣說，至少不能從她的口中。

久而久之，時英的欲望也浮現出來。

生活平淡，她渴望浪漫，妝點一下無聊的日子，一束花，一份禮物，一次預約的晚餐，一間為慶祝生日訂購的酒店房……諸如此類，無關價值高低，不必名牌奢華，就只是讓她感覺真的有在花心思，這樣便教人感動。

因為她一早表明自己並非重視物質的女孩，因此，他便相信這些東西不能給她心靈上的滿足，而只是資本主義的騙案，二人不須上當。

於是，情人節沒有鮮花，紀念日沒有禮物，生日沒有staycation。

她提出，自己也想要浪漫，不用貴，只要有心思準備就好。

但這不值得！平時無人問津的花束在情人節便索價百倍，雅緻一點的餐廳早就滿座；我在日常之中看見有趣可愛的東西，會買給你，這些細碎的照顧更能突顯我的用心；明明我們家也很歡迎你的到來，生日也能熱鬧地一起切蛋糕，何必付四位數字去住酒店？我只是不認為，到了某一個節日就要忽然花大價錢慶祝，愛是細水流長，在於每一天。他講了一堆。

最後，她問，你以前怎樣談戀愛的？女朋友們不覺得沒有儀式感嗎？

他呆住，她們沒有說過啊，那時還是學生，我們都沒有這些概念，每天放學後去行下街、食下嘢，如果她看中什麼，我會送的。只是，為了節日故意慶祝，我甚少如此。

然後，他的語氣柔和起來。你希望我們多慶祝節日對嗎？我之前不知道你想，以後會注意。

可是你都不想。她嬌嗔起來。

我沒有想或不想，只是覺得這些東西好像在滿足社會期望。因為人人也會在情人節送花，人人也會慶祝紀念日，人人也會在生日訂酒店，所以我們也要這樣做——但我平時也會送花、送禮物給你，就算不在特別的日子。

我不知是想或不想，畢竟，平時生活得很樸素。但是人與人之間會總有比較，在社交媒體、平日與朋友相處，可能也會聽見情侶們怎樣相處。我會羨慕他人的節日過得精彩，好像兩個人也投入在一個日子，讓平凡的每一天也變得有意義。而且，在挑選禮物、訂購房間時，也需要投放心力和時間，就像我們都為對方花心思。

如果我將來發達，每個月都同你 staycation。

只要不要升官、發財、死老婆就好。

怎麼？你想做我老婆了？好啦好啦，我勉為其難地娶你……

她開始明白，原來自己在愛裡重視的東西，並不是錢本身，但或許需要用錢堆疊，譬如儀式感。

她很想買一對球鞋給他，二人每次逛街，他都必然像探訪故舊一樣踏入運動店。但她一直沒法等到特價，陳列在附近的鞋款輪番減價，偏偏他合意的維持原價。而她本身對男生的球鞋沒有概念，不知道有一個Jordan Jumpman標誌是否就要價更高。最後臨近節日，她就買下了。

雖然有些心痛，一絲絲的，為著甚少花錢而忽然心下陷一刻，但也只屬輕微。因為一想到W會很開心地接過，一切都值得。

她看見他的笑臉，然後明白，愛才是她重視的東西。

核心價值（core values），她想起有次上課，學習一套心理治療理論，目標為擁有豐盈的人生，而不是思想的對錯。教授著他們自己首先判斷自己重視的價值，並且強調，價值不是目標。譬如有人很想賺很多很多錢，但是希望能對於家人更慷慨，或者用財富實現理想，那麼，他重視的價值並不是「財富」本身，而是「愛」、「聯繫」、「成就」等。

她想要錢，是為了什麼呢。

這花上她很多時間，或許未來某一刻會揭示更清晰的答案。

隨著年紀漸長，時英感覺到自己較往常貪心。她更熱衷與人比較，或是不希望落人下風，但一有這個念頭，理智又說無須如此，珍惜現在的生活，別為一時虛榮花令人後悔的錢。W沒有說錯，他平時對她很好，即使收入不高，仍很願意制造日常的驚喜，為她付出。所以，她不應拿他人的紀念日與他比較。

愛也是她能實實在在地感覺到的東西，哪怕虛無飄緲。

只是，她痛恨自己沒有成功到能夠隨便揮霍，隨時隨地能哄自己開心。

當夜，她夢見K，那個她十五歲時覺得好可愛但最終沒有選擇的對象，竟然後悔當年沒有和他戀愛，畢竟約莫十年之後，她才發現，在愛情之中，她覺得共鳴比物質重要多了，只是曾經不斷以選擇逃避這些她重視的東西。

難怪當時不快樂。

不過W是細心的愛人，若然她有表示，他便盡量滿足需求。

就像之前她說了一句某朋友常去迪士尼，真開心，過不久他便帶她入場。

上次去迪士尼，好像是五個世紀前的事。撇除和J遊玩，時英真正深刻的那次，她還是小學生，學校活動贈票，全級同學一起去，每人兩張。她和母親同行，出發之前，母親就包好了四個三文治，如果肚餓便能吃，不必捱主題餐廳的特色貴價餐。

不過，最後，她們還是到了火箭餐廳吃了漢堡包和薯條。

她站在餐廳前面，眼巴巴地看著，裡面有許多小朋友。母親說，好吧，難得來到。

此後，她對於全場其他東西就未曾表現過興趣，因為知道母親會咬咬牙滿足她。

那時媽媽還是快樂的人，自從和父親關係變差，才有「瘋瘋癲癲」的傾向，偶然自言自語，說聽見其他聲音叫她去死，有時又叫她好好活著。也是那時開始，她才熱衷檢查偶才的信件，好像唯有如此，她才對生活有點把握。

作為女兒，時英之所以念精神護理學，最初的原因，只是想要更了解母親的狀況，僅此而已——可是後來被「薪高糧準」四字重複洗腦，才忘記本來重視的東西。

這天，看著W的臉，她又突然記起母親以前的笑容。

時英對十幾年前的迪士尼，印象是太陽很大，曬得她面紅紅，母親帶著一個水樽，常提醒她多喝水。溜到紀念品商店，明知不會購物，還是想見識一下，順便涼冷氣。她與米奇老鼠合過影，在申請Facebook帳號後，便將照片設定成頭像。背景永遠有歡快的音樂，以及，如果見到卡通人物，就能夠收集貼紙。她愛玩射槍。

一個恍神，發現與童年越走越遠，也曾想時光倒流。

但是，當她知悉W有門票那刻，其實是生氣的。

「你用千幾二千蚊買飛！貴到傻！完全唔值得！」

「放心……我問朋友借咗兩張金卡。」

「好醒目，咁你請返佢哋食飯啦，多謝你。」她由衷地感激，雖然她也有興趣到迪士尼遊玩拍照，但如果入場費要那麼多，寧願不去，始終不是心心念念的事，也始終，她真的覺得太貴。

這一刻她認清，自己不是公主，沒有妄圖擁有平順美好的人生，整個人也不夠貴氣，沒有配得上皇冠的身姿。只是渴望體驗一下，就像十幾年來再一趟迪士尼，走入城堡，走入童話故事，走入快樂，一下。仍然知道晚上離開時要過回普通的生活，但能夠感受一天，仍能支撐她活過許多時日——總會有幸福的模樣，是否？

迪士尼不是她的童年，那只佔了她年年月月的其中一天，恰巧最為燦爛，父母親還未病發，家人關係融洽，她還未走到自卑自憐時。那時其實他們家也很窮，但快樂，問題不是錢本身，只是它引起的問題，人不一定能輕鬆面對而已。

所以她才憧憬再次來到這夢幻的地方。

就算回不去，都沒有關係，因為她已經記住有過的美好。

如果能再去，她就要和W創造新的美好——她確定自己，同樣喜歡他身上的貧窮和一點點扭曲自卑的氣質。

命運愛作弄人，然後教人懊惱，為何後知後覺，為何不夠聰明。

時英的母親確診肺炎之後，情況急轉直下，先是送往公立醫院急症室，留院觀察兩天，以為差不多康復，忽然護士就通知進入了危險期，把母親送進了深切治療部。

吓。而家中有肺炎？時英說出口時，連自己也覺得荒謬，這肺炎不是「just a flu」嗎？三年前，她也確診過一次，雖然喉嚨很痛，但沒有發燒，仍是行得走得，最多戒口，隔了三五天便痊癒。他們一家子全在同時間第一次確診，一起被迫在家裡隔離，不得外出，斷去返學返工這條路，只能共對，然後一同康復。

這應該是她成年後最辛苦的日子，比起失戀、學業壓力更甚。

一張屋子，兩塊間隔，三灘床，四隻人。床只能拿來睡覺，最多就躺在上面玩電話，但是她和母親不能同時攤睡，因為單人床的空間就那麼一點，兩個人一起看電話，身姿必須扭曲——即使晚上睡覺時亦不能舒展。弟弟因要做功課，通常佔用了摺枱，放置手提電腦。父親的房間沒有電腦，便會出來使用電腦枱。她多數坐在食飯桌旁的摺櫈上，慶幸自己還有平板電腦看看戲。母親除了煮飯，便留在床上。

如果只是這樣，小小的客廳擠滿四個人，無法透氣，彼此動靜無所遁形，都尚能接受。她已活過了十幾廿年侷促的空間。

然而，全屋人留在家，就增加了磨擦的機會。父母在對方眼裡，喝口水、說句話都像行惡，非得往死裡辯論，誓要判決罪名。走路時拖鞋與地面的磨擦聲音、吃飯時的表情、擤鼻涕用了幾張紙巾，通通都可恨，終於按捺不住，爆發大吵。

弟弟會說「一人少句」，但被父母無視，他便噤聲。噢，看來她住宿的那段時日，他已經異常熟手，習以為常，連勸交都沒有知覺。

「家姐，」他從摺枱上喚她：「你出句聲。」

「由佢哋嘈啦，屈埋屈埋，等間爆一下仲勁嘅，過多幾分鐘咩都夠。」

「我以為你都喺度嘅話，情況會好啲，以前都係你令佢哋唔嘈。」

「靜一排又嘈過，算啦，而家有多個觀眾，照計會更加熱烈。你戴返耳機塞住隻耳仔好過。」

疫情之前，其實父母的感情已經很疏離，幾乎都在冷戰，同一屋簷下也毫無交流，或是忽然為小事爭吵，喋喋不休。但頻率沒有現在高，以往甚少機會齊聚一屋——父母出外工作，她或弟弟上學。所以，屋子變得如此、如此地迫狹，無遮無掩地窘困，多數只有晚間才會全家人留在屋裡，睡意漸濃、體力下降的晚間。

結果在家隔離，就把這麼多年來風平浪靜的假象全然擊碎，湖面有了裂痕，發現其下從來不是溫柔的水，而是鋒利的鋼，刑傷她的認知：我們家的關係差成這樣喔。

父母的爭吵嘈雜，兩個人能演出整個城的悲哀。

一起生活下去，只是如果分居，都不知道能夠住在哪，被調配的那個要租劏房嗎？還是重新等幾年公屋？這段空檔期又要共對，便心想，多一事不如少一事。留在香港，不過想要有瓦遮頭，擋擋風，避避雨，為何還不知足。

為何還不知足。每當她無法忍受父母的對罵時，便會這樣催眠自己，世間所有夫妻都這樣。

好不容易捱過一星期，所有人的試紙終於都顯示一條線。不再是確診者時，便回復以往冷冷清清的生活。

母親還未痊癒，咳嗽得厲害，但反正通過了測試，便一早就回去上班。弟弟的課堂多數用Zoom，但他會溜到咖啡廳去。她則在醫院實習，回家時到街上散步，坐在公園裡，感受風，以及人煙稀少的清新。

沒有人的爭吵，沒有明刀明槍的感情不睦，沒有接受家庭關係破裂的必要，沒有傷促的環境，沒有委曲的身姿。花兒在公園之中盛放得燦爛。

這是她最記得的、關於疫情之事。

怎知過了三年，母親無緣無故在公司暈倒，被同事送進醫院，期間氣促、意識不清，經檢查，發現是再次確診肺炎，發燒。醫生說母親呼吸衰竭，跟住又講了一堆肺部、腎臟的損傷，烏哩馬又，總之就是越來越嚴重。多隔兩天，便轉入深切治療部，表明進入危險期，情況危殆。

「好多人都中多次嘅，但點解佢咁嚴重？之前有打齊三支針喋。」

「每個病人情況都唔同。」

她嘗試以所學梳理母親的病情，卻覺得不可思議。母親忽然從好好的大活人變得虛弱，躺在病床上。她和弟弟一起探視，有時，父親也會看一眼，她總會陪伴在側。

記憶中，母親強壯，身板小小的，卻能在餐廳、飯商公司上班，時時扛大包米回家。平時精神奕奕，哪怕確診了精神病，還是能夠工作、家務、照顧好小孩。忽然她就變得面容蒼白。

經治療，母親情況轉趨穩定，能夠離開深切治療部，住回普通病房。

她鬆一口氣。

然後開始為住院費擔憂。她上網查閱資料，發現深切治療部一晚索價五位數字！這幾天，她就失去了一整月的薪金。

於是她就想起了保險，一直沒有投資的保險，整個家庭也沒有人曾經了解過的保險！我的天，當時在想什麼？認為自己賤命一條，若遇意外便是當場死亡，絲毫沒有救治的可能嗎？那麼，為何從不買人壽保？她的心好慌，一想到以往一直吝嗇於每個月投放些錢買保險，如今要一下子付幾萬元，便頭昏腦脹！她發誓這輩子也未曾付過這鉅款。

去他媽的病毒。母親，你為何如此體弱？

事實上從母親入住深切治療部第一天，時英便一直思索費用，一直希望母親情況快點好轉，或者說，不要住太多日。求求你，她在探病時，看見旁邊的心電圖，總希望自己有魔法，能夠令母親的心跳變得活潑，或者，從此平靜。她的淚隨即盈滿眼眶，然後差點跪在地上，對疲弱的母親說：「我係不孝女。」

照理說，住院費用應由她負責，父母無什麼存款，父親復工後每日上班十二小時，她不想問他取錢。即使，神奇地，夫妻不睦了那麼久，他仍主動提出探病、和母親聊天，還表示願意付醫藥費。

其實她已和自己說了無數次，不過幾萬，她都上了一年班，有些積蓄，即使有一筆錢消失，也不至於毀天滅地，還是能過下去。

但她就是很害怕看見錢在眼前消失，純粹地恐懼，彷彿，如果沒有了幾萬元，她就會變回小時候那個要什麼也沒有的女孩，只能眼巴巴地，看著他人擁有所愛，而她則保持沉默、抿著唇，對於渴望的假裝毫不在乎，佯稱未曾渴望。

去往付款的時候，她佯裝鎮定，知道無法使用信用卡，因為那張大學信用卡的付款額度不足，於是準備拿出銀行卡，以EPS繳付。

但看到金額時，她驚訝，呆頓，故作大方，遞上現金。

原來公立醫院轉深切治療部，不過一百元一晚，比起她原先想像的，少兩個零。

你唔係護士咩點解連呢啲嘢都唔知或者唔記得。她責難自己。

付款後，她隨便找了一個位置坐下，深呼吸，卻好像怎樣也覺得透不過氣。然後口罩濕掉，她掩著面，泣不成聲，就像剛經歷了生離死別。旁人問她是否安好，她便擠出一個笑容，說：「媽媽大步檻過。」

她恨她自己。

在出社會並有能力為自己的消費負責後，時英依然會隱瞞財政狀況。

譬如她買了一隻三百元的戒指，回到家，被媽媽看見：「好嘢喎。」不過是人工晶石，原是不夠閃耀的，她卻會撒謊，廿蚊而已，街邊買下，總之，無法承認自己能有現時這種生活。

所有事都這樣。

衣服多數花五十元買下，兩件有八折。日用品，加一蚊選購的，不然也不會買。這間餐廳在做優惠，今個月去很划算！

有次她與王同學晚飯，在一間泰式餐廳點了一個二人套餐，雞肉串燒、泰式生蝦、炒豬肉河粉、芒果糯米飯，兩杯沙冰，額外加錢。恰巧母親致電，問她是否回家吃飯，回答和朋友在一起，便宜地解決了晚餐。王同學覺得奇怪，沒有女兒會特別指明晚餐的價格。她啞口無言，這是本能。

時英總是撒謊，尤其是向家人。

你為何提防家人。

除了弟弟，她都沒有告知真實的薪金，只是說，哎喲，剛畢業，常被市場壓榨，苦不堪言。

可是朋友個仔也做乜乜治療師，同一間大學喎，明明都幾萬蚊一個月。

沒有啦，他做醫院，當然薪高糧準，穩定到不行，但是我選了民間機構啊，所以就會便壓價，由低做起，整個環境也不同啦。她強調，我也很窮啊。

那你也去做醫院，你也說待遇更好。

不要，醫院姑娘辛苦很多啦！我怕有錢冇埞使，而且返醫院經常生病！看醫生就會花很多很多的錢，除返開也差不多。

她不是存心的，可還是情不自禁地把自己的收入說少一大截，不過也沒有人逼她說實際的數字，所以一直以來，在她的話語裡，自己也有一種模糊的窘態。

這一種隱瞞其實並無具體的作用，她不能因此推辭交家用，也明白家庭開支的壓力基本就落在她身上，為了別人好，或是讓自己能夠多喝兩口老火湯，她也不會少給家用。所以，對於父母隱瞞，大概只是想要逃避討論金錢。

父親更加精明，在她還在念中學時，已不斷提及做老師、護士、律師的好，具體有什麼好？人工高，社會永遠需要教育、醫療、法律，不會失業。她點點頭應對，心裡雖然覺得煩，卻忍不住查閱相關資料。

在她念大學時，已經叨念「你要讀五年書，比起其他家的小孩更遲出來賺錢」，之後要好好孝敬他們。

她沒有說：喂，大學學費我借loan，以前小學攞綜援，就只有中學時……她就再想不下去，忽然心軟，父親工傷過、後來努力生活工作，也讓她過得好點，怎能責難。

她總是不敢太過把問題放在他人身上。

這是一種責任。

本想向政府申請學費資助，但是grant唔到！只批了她四千蚊，搞了一大輪手續，最後一年四萬裡批了四千蚊，夠她讀兩堂——噢——還有交通津貼二百蚊！她搭車來回都三十幾蚊。

說來諷刺，以前她一直覺得自己很窮，甚至出來工作以後，也情不自禁地調侃自己是「死窮撚」，收到學資處的帳單時，暗罵利息都夠讀一年書。當年，她竟然無法申請免學費，這才發現，原來他們家都不是很窮，社會上比她有需要的人，可是太多太多了。

對於這個結果，她當然不高興，仙都唔仙，然後被政府告知：你還未夠慘。

可能也是吧。時英高中後，父親有好轉的跡象後，找了份朝七晚七的大廈保安的工作；母親繼續上班，皆通過銀行帳戶出糧。什麼都申請不了。

她已經沒有以前那麼窮了。事實上，所有人擁有一份穩定收入後都比無業時充裕，她只是順應生命發展走下去。

思來想去，為何隱瞞收入，大概是父母見證過她的窘態，一支鉛芯筆也苦苦哀求，多年來私隱全無，和人瑟縮在單人床上。學生時期從不敢有太過明亮的打扮，以免誤會自己人生能夠走到絢爛美好的時候。突然間，在工作之後，發現自己能夠以勞力換取收入，便放肆起來，開始相信積極的可能。但或許她並不配有基本需要以外的物質享受，所以如果誠實地告知，怕引來不屑。

噢，其實也不知為何，她都胡亂猜測。

隱瞞他人到最後，她好像連自己都欺騙了——

現在，你也不配新生活、好日子，所以才要費煞苦心，把自己的狀態形容成另一個模樣，然後，你也深深相信。

突然，她發現，不想再這樣了。

雖然時英沒有因為深切治療部的費用而支付很多錢，母親也能順利出院，好好調養身體，幸運地。卻還是一個深刻的提醒。

人生充滿意外，生命無常，本以為只是故弄玄虛的話語，怎知精準地擊中她最脆弱深處。誰都說只是一場感冒，但社會上仍然有人因此喪命。

她不能保證，自己每次都是幸運兒——未來也不會是那少數。

假如一不小心就死掉，這麼多年來一直營營役役是為了什麼？今日唔知聽日事，如若她捲入絕症、車禍、失憶這些韓劇情節，此前努力積累，小心翼翼地捧在手心的，都無法享受。大熱天為了節省兩蚊，跟餐配熱飲，焗飯和檸水一起熱到出煙，好不容易把豬扒全部吃掉，熱飲仍然熱嘴。

以前，她常和自己說，沒關係的，辛苦一點，慳儉一點，今天的委屈是為了明天的坦蕩。如果提早預見喪屍侵襲香港，也能買一堆水、太陽能發電板、防災罐頭……在荒涼的世界中生存下去——她總以這種幻想勸說自己，一切都是值得的，甚至不敢退後一步想，所有人都毫無防備地死掉了，那麼她一個人，又為了什麼留在廢墟？

只不過是沒有光明正大地善待自己的理由，一說出來，便像藉口。

她長大了，以為有多點能力，就能夠變得慷慨，卻總是下意識地抑壓欲望。一個人委曲慣了，以後再無法舒展。

W見她一直失神，覺得奇怪，伯母的病情已穩定起來，為何她比以前還愁。

她在醫院地下找櫈子坐，和他說了許多許多的話。

就算在她身旁的不是W，而是好朋友、弟弟……或者她也會開口，提及珍珠奶茶、黑頭貼、胸圍的事，無論此前他知不知道。這些看似對她無關緊要的東西，成長以後，還是一次又一次地想起，重新感受當時的窘困，像從未增長歲數。

W識趣，一邊握著她的手，一邊靜靜地聽。

他最後說，其實你已經長大了，更加懂得過往的事代表了什麼，但你還是會感到不舒服，或者是不想往後也被其困擾。你有能力選擇自己的生活，這是契機，讓我們從此也對自己好點。

頓了頓，他提及到一點觀察，在愛裡，她總是對他人毫不吝嗇，無論是物質，抑或情感的投放，只要用心，便一發不可收拾地願意付出。這麼一個對自己慳儉的人，願意為博男友一笑而哄騙他：「我其實覺得自己有錢咗好多」。

這樣就是慷慨，也許心中的某一部分，並不貧窮。

不是所有部分也要富有。

二〇二五年，公立醫院求診費用增加，專科和急症的診金也一同上調，說是為了打擊醫療濫用；另外，政府為打擊公屋富戶，每月租金更乘倍地增加。

時英銀行戶口裡的儲蓄穩定增加，畢竟都儲蓄了一段時間，但沒有任何買樓的打算。她的狹隘與精明都在說這不是一門划算的生意，別做。

而且，父親竟然開始戒煙。她聽見他開YouTube，看養生頻道，大大聲播吸煙的壞處，他就減少買香煙，甚至到了社區中心拿戒煙貼。雖然仍然渾身尼古丁味，但意義是不同的。

母親在鬼門關走了一轉，休養後，仍然努力上班。她最清楚自己的目標，靠自己才有安全感，以及寄錢回家鄉，維繫親人感情。

時英也想作出改變。

於是她就搬出來，到工廈住。

對父母說和男友外出租屋住，對弟弟坦承租下離家不遠的住宅式工廈，六千元一個月，還給他拍攝短片，鏡頭在走廊和內部廁所之間穿移。

其實環境算不上好，這麼小的空間，但至少能夠容納她，租金還比外頭的住宅便宜，位於市區，返工也近。還求什麼，她喃喃。說真的，她尤其喜歡密碼鎖、電子門柄、金光燦燦的門隔、暖黃調的光磚走廊，像是以前到訪過的表姐家，所以她也忍不住拍給弟弟看。回南天時，天花不會凝結水痘般的露珠——儘管以前走廊的水珠不會爆破，卻仍讓人全身也痕癢。

她知道這是不宜居住的工廈，但每次上樓，還是讓她清楚，生活已有些轉變。

雖然願望從不是發財，只是渴望一些空間，放鬆罷了。

經歷過與小橙和大學的貓相處，她害怕別離，卻又很想在寵物短暫的年歲裡，與其彼此照顧。

誠然，她對陌生的貓咪沒有信心，對自己更沒有，怎樣滋養愛——如果養貓，投入地建立關係，她要求自己也必須認真投入，付出所有。貓可以對她不真心，沒事，反正牠不會說話，只能靠猜度；但她不可以無心，否則就是浪費時間在不在乎的事上。要知道，她需努力儲錢才有多些安全感，寧願打多一份工。

她一直知道，自己的內心有一頭猛獸，只是她以人皮蓋著野生動物的膻氣。不過，不能隔絕獸的吼叫，那是一把極具穿透力的聲音：

「你這樣生活下去，只有痛苦！」

餘震常把她弄得心驚膽顫。

可是W，甚至是對家庭矛盾的愛，都讓她理解自己的愛是「無論如何」。

直到有一天，時英在工廈附近看見一隻白色的貓回頭看她，孤伶伶地被街燈照耀著，瘦瘦小小的，然後走過她身旁，坐下來，只靜靜地坐著，儘管不遠處有覆蓋整片夜光的嚮喉聲音。她留神才看見貓的背部有兩撻黑色的毛，像黎明悄悄地吞沒夜色。她緊張地走近，最後跪下來，貓嗅了嗅她的鞋子，再伸著脖子看她，瞳孔擴大。

她的心，未曾有一天像此刻柔軟。

但牠原來有主人，過不久便有人向牠招手，牠乖乖地伏在腳邊。

翌日，她找了做貓養工的同事，領養了一隻白毛、背部混了點黑的新生貓咪；得到提醒：「呢隻貓成日咬衫，破壞力驚人。」

時英把貓抱回家，取名為「通通」。

因為她喜歡吃通心粉，鮑魚味雞湯即食通粉陪伴她度過許多個早上，這種味道一度讓她誤會自己與貴價鮑魚的距離好近。而且，她也希望貓咪懂得「通心」，能夠與她冥冥之中共振，哪怕沒有言語。如果再養多一隻貓，應該會取名為「心心」。

　　通通怯生地保持距離，稍稍安撫便睡覺。過了半個月，她一早起來，發現牠在啃咬衣服，一件、兩件，全部破了洞。她馬上生氣起來，長年不買衫，自是對於所有衣物都有種來自遠古的感情。可是她知道，即使通通聽不懂人話，依然，記得住所有聲音和表情，所有傷害和暴力。所以，她走上前，像接牠回家時輕輕擁著，然後細聲反問：「你鍾意呢啲衫褲？咁樣，更加唔可以用破壞嘅方式佔有。」

　　抱著抱著，她竟然流下了淚水，一發不可收拾地。

　　貓咪有靈，感受到她的一抽一搐，掙扎開手，向前按住她的肩膀，然後親吻她的臉，溫馴、默不作聲、沒有跑開。貓咪不夠入世，不知道人類總是出門做什麼，也不知道平常哭泣的理由，但會舔她的臉，帶走眼淚。

　　過了不久她的呼吸變得平順，通通也漸漸疲累，徑自睡在她身上。她小心翼翼地把牠放在被咬爛的衣服旁邊，拍照，是這個情景讓她豁然開朗起來。

　　從此之後，通通就沒有再咬過她的衣衫，只是樂此不疲地玩膠袋。

日子沉悶、單調、重複，但還是有令她歡喜的片段，一回工廈，通通便守在家門，喵啊喵。

偶然，W會來借宿一宵，約會未完便掛念，唯有在長夜繼續說悄悄話，也逗通通玩，看牠不斷舔毛。

弟弟已經任職記者，她沒有再說什麼，明白他辛苦，時勢並非人可以決定。他也認真，說現在由他留守家裡，所以會做好工作。有時她也會學母親煲些菜湯，讓他留下來喝。弟弟常擔心她過分慳儉，不捨得買日用品，於是，每次也攜牙膏、紙巾、垃圾膠袋等上樓。

「同小橙都好似，雖然個樣完全唔同。」弟弟對小橙的記憶並不鮮明。

「咪又係貓樣。」

姊弟二人大笑。

時英無論如何都覺得通通可愛，就算有其他養貓的同事走過來，開玩笑地說：「白色貓唔好睇嘅！」她也生怕遠在家中的貓會聽得見，十分受傷，便連忙買貴價罐頭回家，不厭其煩地說了一遍又一遍：

「你係最最最最最可愛。」

突然沉靜了一陣子，她順便在內心提醒：她也應該這樣對自己——或肯定或相信或安撫。

偶然和貓義工同事聊天，對方說起絕育：「領養嗰度，好多都係主人冇幫啲貓絕育，跟住無啦啦就有咗，生出嚟，又未必養得晒。」

「點解唔做？應該好快就發情。」

「冇錢。」同事頓了頓：「絕育、診金、麻醉加埋，即使唔多，但唔係個個都負擔得起。」

「貓有BB，風險好高……如果冇錢絕育，應該都冇錢去診所生？」

「係啊。聽過有貓喺屋企膠箱生咗，成盤都係血，前前後後生咗廿八個鐘，一胎有八隻，最尾得一隻存活。最後連媽媽都死咗。」

「好殘忍。」

「好矛盾。我哋呢個城市裡面，好多人靠養寵物得到慰藉，佢哋可能過得好差，又有經濟壓力，但冇辦法否認佢哋對貓嘅愛。不過，唔捨得使啲錢令貓免去痛苦，或者都係一種傷害。佢哋又會催眠自己，覺得貓生BB係正常。因為女人都係咁，而以前鄉下啲人都會喺屋企生。」

「以前嘅女人同貓一樣，喺屋企生好容易死。」

「係啊，不過同樣嘅事會一直重複。」

時英一早已決定替貓咪絕育。她不能保證自己將來會不會變得拮据，很多悲劇都身不由己，所以，在那個時刻來臨前，她想盡量奉獻愛。在她的定義裡，讓貓少受苦，就是愛。

對於通通，時英完全不吝嗇。

「核心價值」，她理清自己最重視的是什麼。

她想要錢是為了什麼呢？就是愛嗎？

這花上她很多時間，或許未來某一刻會揭示更清晰的答案。

她最重視愛，或者說是因愛而生的關係。而人生一直以來，都讓她感覺，如果沒有錢，就沒有愛。家庭不睦，再無法快樂起來，源於經濟壓力和勞動的負擔，她覺得二者有密不可分的關連。此後十幾年，都以賺多點錢、更好的生活為目標。若無法過上「好日子」，就覺得自己無用，慢慢地，就算生活漸漸改善，也瞧不起自己。

但這不是她的本願。

都快要忘記，最初只是渴望快樂，大家能夠和睦共處、溫馨嬉鬧的快樂。金錢只是一個因素，世界上總有些人是憑著愛維持生命。就像有時，和W拮兩粒燒賣仍然很窩心，因為這段關係，最重要的是愛。

她漸漸記起。

通通不用上班，不落街玩，不讀書。但她還是愛嗅通通的腳。這無關功利的計算，她只是無條件地愛著眼前這隻貓，哪怕從未言語，亦覺得靈魂共振。

她漸漸接受自己真實的財政狀況，並沒有想像中的困苦，只是那個遙遠而從未長大的小女孩，仍然對於一本My Melody的紀念冊愛而不得，眼巴巴看著他人派紀念冊，而她只能填寫，不會再知道同學「有什麼想告訴我……」。雖然絕對稱不上富有，但還是能講得出「不需為衣食苦惱」——這已不是她生命之中最大的壓力。

上網時，看見許多人說，獨居之後才發現生活開支很大，因此會小心翼翼地花費，譬如由隨意用廁紙，變成限制每次使用的格數，不再大手大腳。但她正正相反，以往在家連日用品也盡量節省，化妝棉一開二，紙巾對摺搣開，怕被說浪費，或者怕自己，從

此以為能夠生活得更自由。

現在，她知道這個空間裡的一切，都是她自己買的，應該擁有更大權利，舒適地配合她的生活。

於是，她放寬心，購買昂貴的貓糧，各式玩具（雖然通通最愛的還是膠袋），電子水機，易鏟的貓砂，可愛的頭飾。多數屬衝動消費，但沒有後悔。

很快，她就給通通買了保險，因為寵物生病太昂貴了，她擔心萬一。每個月交二百蚊，竟讓她安心起來。她想起小橙，當年家人無法負擔起醫藥費，左借右借，或許小橙安祥離去，也有體恤之意？即使小橙貼心，她也不能放肆，最怕再有遺憾。

她在學習認為這種活法是值得的。

愛值得，生命值得，她身邊的人值得，她也值得。

好日子 🐾

「你想唔想食罐罐？」

「喵～」

後記

你覺得自己貧窮嗎？無論是物質，抑或身心靈。

時英是個矛盾的女子，她把自己形容得很低微，漸漸再不相信其他可能。怎知，在旁人的視角、客觀的資訊補充下，或許還能發現她的其他面向，以及成長的空間。年少時，她發誓要和更加成熟的人一起，後來明白根本不必要依附他人，脫離階級之後竟然越活越浪漫，愛是能衝破一些東西的，讓人更擁抱自己。

隨著年紀漸長，對一件事不滿之前，我都著自己停下來，看看背後的原因。以往那些討厭的人事物，我依然討厭，但多了一份同理。可能是我也渴望被理解，不想被幾個形容詞定型。

工作之後，接觸到更多人，才發現以往狹隘，例如以往雖然也對貧窮有所認知，自己也是節衣縮食不敢放任物欲的人，但當有些畫面真實地在眼前呈現，認知才變得具體而深刻。

窮人不能養貓

我到過很小很小的唐樓，行了五層不平的石梯，窗口破了大洞，屋內面積僅約公屋一人單位的三分之二。放了三張床，一共住入六個人，其中三個是小孩，功課全在床上做，導致寒背；衣服和書簿堆在一起，整齊原來也與空間大小互相扣連。這為我帶來很大衝擊。他們排了幾年公屋，仍未能上樓，甚至過渡性房屋也未能輪候到，生活就與乾濕黏連的廚房廁所浴室緊緊扣在一起。我都忘了到訪的目的，似乎我能做的，無論如何也不夠對應其需要。

又遇過獨居的貓奴，命途坎坷，遭受過很多不公，生活因為種種原因十分拮据。對方很愛貓，幾乎把一切資源都給予貓咪，可是難以負擔牠們生病時的開支，結果常自我詰難，沒有錢也像沒有愛。

無關理智與價值觀，單論感覺，我很心酸。

原來社會可以容讓人的貧窮到這地步，確實有東西吃、有瓦遮頭、有幾件衫著，可是這就是「好」嗎？我不知道。

隨著貧富差距越來越大，貧窮的人越來越走向邊緣。長此下去，錢只流給有錢的人，豐盛的資源繼續養出精靈的孩子，貧乏的資源繼續養出窘困的孩子，社會的流動性難免固化，確實有努力的幸運兒，但從比例上計算，少得快要成為倖存者。當然，這有什麼不好嗎？常言「窮人賤命一條」。

在好與不好之間，我們可以反思。

我是這樣介紹自己寫作的緣由：因為窮。

小時候沒有別的娛樂，但在書局或圖書館看書是免費的。所以無法養成其他興趣，閱讀和寫作則不費一分錢。既然養成了良好的語感，決定不要浪費能力。故悲傷得無法更奢侈地排解情緒時，只能把它們寄託在文字裡面。

在以上敘述之中，我未曾提及過自己的真心：寫作是因為熱愛。

解釋自己的一切，對我來說並不自在。這個發現來自我認識的朋友，對方同樣有寫作與填詞，但能夠非常坦然地在社交圈子之中披露，根本沒有怯色。

我的貧窮，除了使物資匱乏以外，我感覺到還有習慣對於自己的一切感到難為情。喜歡寫作是難為情，表達喜歡什麼是難為情，沒有獲得成就是難為情，我的感受最難為情。至今，我也未曾無故向人交代自己正在寫作，工作逾一年，不乏友好的同事，仍然沒人知我寫作，人問我閒時都在做什麼，我只敢答，沒有啊，就耍廢。

物質上的不充裕，對於我而言，既是真實的狀況，也是一種託辭。

因此，我嘗試寫了這本書，也許是不希望這個狀態困死我一生——不能因為我窮，就抑壓基因中的不甘不平，從此不相信任何可能。

寫作是一件很窮的事。我真切地感覺到原來一本書的價值可以那麼輕，首先要賣到幾百本才能追回成本，但我總共可能才賣到幾百本，結果用了幾個月時間寫，又好像沒有賺到什麼錢（當然有人能夠賺到很多，但我實在不夠知名）。在急見成果的現代社會裡，自然容易迷失，得不到什麼，便十分空虛。我不知道大家怎樣看待自己喜歡的事，但我得不到成果，便懷疑自己。然後，因為這一種自我批判：你變得功利了，你不純粹了，你失去初心了，所以你活該不成功。

我在學習對己寬容，這也是一種富有。

為什麼堅持，我想現在，能夠怯怯地說一句，因為熱愛。

所以窮也沒關係——

這句話變成了我在說完一通緣由後的總結。雖然窮，但也沒關係，因為真心喜愛更為重要。

真心喜歡是奢侈的，在追尋的道路上，有時也發現初心模糊起來，喜歡那件事本身，

喜歡其帶來的東西，或者有微細不同。真心喜歡，認真行事，日子會越來越好。因此我或者擁有了一種財富，哪怕無法兌現成鈔票。

慢慢感覺到，金錢雖然重要，但有些東西，也許免費，另一種講法是金錢不一定是關鍵因素。

笑容、擁抱、健康、溫馨、感情、真誠、熱愛、純粹、敏感，通通都珍貴。

而無關富貴貧窮，只要努力生活，你都是可愛的。

祝平安喜樂。

張羨青

二〇二五年 夏

窮人不能養貓

作　者—張羨青
編　輯—謫鐸
設　計—joe@purebookdesign
出　版—尋常書紙
聯絡電郵—cinchingcheung@gmail.com
承　印—新世紀印刷實業有限公司
地　址—柴灣利眾街44號四興隆工業大廈13樓A室
出版日期—二〇二五年七月
ISBN—978-988-70543-1-3
上架建議—華文創作、流行讀物
定　價—HK$ 138
Printed and Published in Hong Kong
香港出版